台湾文学の中心にあるもの

赤松美和子

イースト・プレス

はじめに——日本文学は政治が足りない？

台湾文学の中心にあるものは政治である。

斎藤真理子『韓国文学の中心にあるもの』（イースト・プレス、2022年）は、私たち外国文学研究者に、自身の研究対象の文学の中心にあるものが何かという問いを突き付けた。「政治」、これが台湾文学研究者の現時点での私の答えだ。

もちろん、文学は一様ではない。「○○文学の中心にあるのは××だ」と決めつけてしまうのは、傲慢である。恐らく、世界中の文学をすべて読んだ読者にしか言う資格はないだろう。何より、文学は、個人的なものであり、国家に紐づけされ存在しているものではない。だが、一方では、文学が国家に紐づけされることに、あるいはされないことに苦悩してきた文学もある。それが台湾文学だ。「すべての国家は暴力の上に基礎づけられている」（byレフ・トロツキー）。ならば、近代国家成立以降のすべての近代文学も暴力の上に基礎づけられてきたことになる。先住民の口承文学に始まる台湾文学は、清朝統治期は漢文、日本統治期には漢文と日本語という「国語」、中華民国統治期になると中国語という「国語」で主に創作されてきた。

台湾文学は、国家の暴力に翻弄され、統治者の言語を以てまでして、なぜ創作し続けてきたのか。マックス・ヴェーバーは、「われわれにとって政治とは、国家相互の間であれ、あるいは国家の枠の中で、つまり国家に含まれた人間集団相互の間での場合であれ、ようするに権力の分け前にあずかり、権力の配分関係に影響を及ぼそうとする努力である」[1]と述べている。

文学は言語によって表現する芸術である。「権力の分け前にあずか」ることを甘んじて受け入れ、統治者の言語を以て表現するしか手段がなくとも、「権力の配分関係に影響を及ぼそう」と創作する努力を続けてきたのは、作家たちに、表現したい、表現せざるを得ないことがあったからに違いない。

こうして連綿と形作られた台湾文学に秘められた政治、その努力による社会への影響を可視化し、読み解くことが本書の目的である。

本書の願いは、台湾文学と日本文学との対話の可能性を拓くことにもある。日本で台湾文学を紹介すると、「普通の文学はないの？」「台湾文学はなぜ政治的なものが多いの？」と訊かれることが何度もあった。実際、私自身も、台湾文学に出会ったころは、台湾文学の政治との距離の近さに驚き、どのように理解すべきか悩んだ。それは日本文学を基準に台湾文学を読んでいたために抱いた疑問だった。だが、いつのまにかその政治の熱に魅了され、その本質を見極めたいと研究を続けてきたように思う。

では、なぜ、日本では台湾文学が「普通ではない」と感じられるのだろうか？日本でも、政治の季節はあった、それが変わっていったことについては、紅野謙介、内藤千珠子、成田龍一編『〈戦後文学〉の現在形』（平凡社、２０００年）など多くの研究がある。

例えば、文芸評論家の斎藤美奈子は、１９６０年代から２０１０年代までの50年間におよぶ日本文学を読み解いた『日本の同時代小説』（岩波新書）に、次のように書いている。

「政治の季節」の終焉と、文学の危機。二つの現象は無関係に見えて密接

> につながっています。六〇年代初頭まで、文学と政治は、いまよりずっと近い位置にあったからです。いいかえると、当時の知識人（大学生などの知識人予備軍を含む）にとって、文学はけっして趣味でも娯楽でも暇つぶしでもなく、「人はいかに生くべきか」「社会はいかにあるべきか」などの問題意識と結びついた大きな関心事だった。…（中略）…明治末期から昭和戦前期まで、この国の「純文学」の保守本流は、自身の私生活や内面を赤裸々につづる「私小説」でした。[2]

斎藤は、「純文学」の保守本流は、自身の私生活や内面を赤裸々につづる「私小説」だったと全体の傾向を明瞭に概括している。もちろん、「個人的なことは政治的なこと」であり、日本文学に政治性がまったくないわけではない。

日本の「純文学」を牽引してきた芥川賞にも政治性を表した作品もある。例えば、『カクテルパーティー』（1967年上半期）や李良枝《イ・ヤンジ》『由熙《ユヒ》』（1988年下半期）といった政治性が強い作品を、当時、芥川賞の選考委員たちは、どのように評価していたのだろうか。

第57回芥川賞受賞作（1967年上半期）である大城立祐《たつひろ》『カクテルパーティー』は、米国統治下の沖縄で、日本人、沖縄人、中国人、米国人の四人が繰り広げる親善パーティーを描きながら、米兵による女子高生への性暴力事件を通して、国際親善の欺瞞を暴露していく社会批判性の強い作品だ。さらに同小説が描く米国統治下の沖縄の人たちへの抑圧や人権侵害は、中国人弁護士が経験した、戦時下の日本軍による性暴力へと重なっていく。

同作の芥川賞受賞時の選評をみると、「この気持が沖縄のひとびとをはじめ、われわれの胸を通うものである」（丹羽文雄）、「困難な沖縄の状況の下で、これだけの作品が出たということは、慶賀すべきことである」（大岡昇平）、このように沖縄ゆえの政治性を高く評価している。だが一方では、「これは「沖縄問題」を扱っているが、私はその題材のために推したのではない」（川端康成）、「最後までドラマの崩れないのは、作品に籠められた気迫の力で、沖縄の現在とか政治的な問題を扱った素材から直かに来ているのではない……（中略）……現実の問題と、作品の価値とは全く別のものであることを明かにして置きたい」（永井龍男）、「この作品の政治的立地条件からくるアテコミの故に、銓衡されたものではなく、あくまで作品本位で選んだことは、私も証明しておきたい」（舟橋聖一）とある。[3] これらの選評は、作品を高く評価しているものの、むしろ高く評価しているからこそ、政治性から選んだわけではないことを高らかに言い訳し、頑なに政治から距離を取り、作品を守ろうとしているように感じられる。

第100回芥川賞受賞作（1988年下半期）である李良枝《イ・ヤンジ》『由熙《ユヒ》』は、韓国に留学したものの半年で中退し日本に帰国することになった在日韓国人女性・由熙のアイデンティティと言語の葛藤を、叔母とともに由熙を下宿生として受け入れている日本語を解さない韓国人女性「私」の視点から描いた作品だ。

選評を見てみると、「日本と韓国との民族にまたがる問題を、個人のアイデンティティの視野のもとに扱った作品は、李氏の以前の作品を含めて幾つか読んで来ているが、それが「言葉」の領域のドラマとしてこれほど鋭く突出した小説を他に識らない」（黒井千次）、「この作品の独自さは、韓国人女性の目を通して在日韓国人の姿を相対化しながら、既成の共同体感性を越えて生きるという普遍的な戦慄と魅惑を、呼び出したことにある」（日野啓三）というように同作の持つ政治性を高く評価している。一方で、「しかし最後の部分で、在日韓国人の言語分裂の根もとへ、一人の生粋の韓国人を、仮構とは言いながら、人物さながら取りこんでしまった。これがあるために私はこの価値ある作品を、韓国語のために日本語のために、授賞作としては採らなかった」（古井由吉）、あるいは「この主題は政治の局面ぬきで、全民族の視野を含めて描くべきではないか、という疑問が残る」（田久保英夫）[4]というように、高く評価しながらも、こちらもやはり高く評価したいからこそ、「個人的なことは政治的なこと」だと表すことで政治性を全面に掲げた評価はしたくないようだ。どうしても文学を政治から遠ざけたいという願望が透けて見える。

わずか2作の選評を確認しただけではあるが、芥川賞は、決して政治文学を忌避していない。けれども、政治性を認めると文学の価値が下がってしまうのではないかと危惧し、文学をなんとか政治から守ろうとする必死さを感じずにはいられなかった。そして、こうした文学とは政治と距離を置くべきであるといった価値観を、私自身も内面化していたがゆえに、台湾文学と出会ったころには、その政治との距離の近さに、驚き、悩み続けたのかもしれない。

本書は、第1章「同性婚法制化への道は文学から始まった」、第2章「女性国会議員が40％以上を占める国の文学の女性たち」、第3章「文学は社会を動かし、その瞬間をアーカイブし続けてきた」、第4章「日本統治期が台湾文学にもたらしたもの」、第5章「ダイバーシティな台湾文学の表記と翻訳の困難」の全5章から成る。日本語で読める約50作品を具体的に紹介しながら、台湾文学がいかに政治に翻弄され、格闘し、それでも社会に介入してきたのかを読み解いていきたい。

本書を通して、台湾文学の中心にあるものが本当に政治なのか、批判的にお読みいただきながら、もし台湾文学を読んでみたい、と思っていただければとても嬉しい。読者のみなさまには、文学と政治の関係についても関心をお寄せいただきつつ、ご自身のなかの文学イメージと対話しながら、お読みいただきたい。

凡例

*人名で読みにくいと思われる漢字表記については、原則として中国語の読み方をカタカナでルビで示し、日本語の音読みが日本で定着している人名については（）でひらがなで読み方を示した。そのほか、日本語の読み方のみをひらがなのルビで示したり、台湾語の読みをカタカナで記す場合もある。なお中国語の読み方（拼音／ピンイン）のカタカナ表記については、「中国語音節表記ガイドライン［平凡社版］」https://cn.heibonsha.co.jp/　掲載の「（α）メディア向け表記ガイドライン」を参照した。

例　李昂《リー・アン》（り・こう）

*台湾では複数の言語が使われ、各言語の呼び名も複数ある。中国語には、北京語、国語（戦後）、華語、台湾華語などの呼称があるが、原則として中国語と表記する。台湾語には、福佬／ホーロー語、河洛／ホーロー語、閩南／びんなん語などの呼称があるが、原則として台湾語と表記する。そのほか、客家語、先住民諸語などがある。

*台湾のIndigenous peoplesについては、日本では、「先住民（先住民族）」、「原住民（原住民族）」の2種類の表記がある。「原住民（原住民族）」は、台湾のIndigenous peoplesが自ら「原住民」という名を勝ち取ったという歴史や中国語の漢字「先」にすでに滅んだという意味があることを重視し、台湾での中国語の表記をそのまま用いた表記である。「先住民（先住民族）」は、２００７年の国連総会で採択された「Declaration on the Rights of Indigenous Peoples」の日本語訳「先住民族の権利に関する国際連合宣言」でも使われているように「Indigenous peoples」の日本語訳であり、「アイヌの人々の誇りが尊重される社会を実現するための施策の推進に関する法律」（２０１９年）の条文にも用いられている表現である。また、日本語での原住民という単語の持つ差別的な意味合いを回避した表記でもある。本書では、世界のIndigenous peoplesを尊重する思いを込めて、先住民（先住民族）を用いる。

台湾文学の中心にあるもの／目次

ブックデザイン　鈴木成一デザイン室

台湾文学の中心にあるもの

第1章

同性婚法制化への道は文学から始まった

同性婚法制化への第一歩――『孽子《ニエズ》』

台湾は2019年5月、アジアで初めて同性婚を法制化した。台湾の同性婚法制化への道のスタートはどこか。一般的には、1986年にゲイで活動家である祁家威《チー・ジアウェイ》（き・かい）が、同性婚法制化を求めて立法院（国会）に請願するも拒否されたことに始まるとされている。[5] だが台湾文学はさらに10年も前から、同性婚法制化への準備を始めていた。40年も前から、ジェンダー平等を語るための言葉を模索し、物語を社会に発信し、言論空間を拡げ続けてきたのだ。

その出発点は、今やバイブルとなった、白先勇《バイ・シエンヨン》（はく・せんゆう）の小説『孽子』（陳正醍訳、国書刊行会）だ。1977年に台湾の雑誌『現代文学』で連載開始、後半はシンガポールの『南洋周報』にも連載、1983年に単行本として出版された。1986年、祁家威が立法院に請願した年に、『孽子』は、虞戡平《ユー・カンピン》監督によって映画化され、「ロサンゼルス第1回LGBT映画祭」の開幕作品に選ばれた。[6] その後、2003年には公共電視でドラマ化され、公共電視開局以来の大ヒットとなる。台湾の放送文化を対象とする金鐘奨においても連続ドラマ番組賞を始め複数の賞を受賞した。[7] 2014年、2020年には舞台劇にも翻案された。メディアミックスにより、何度も命が吹き込まれ、多くの人に鑑賞され続けられている。『孽子』は、今や古典的名著といえる。

物語は、退役軍人の父親から勘当され家を出る場面から始まる。中華民国59年（1970年）、高校3年生の李青《リー・チン》は、高校の科学実験室で同性である実験室の管理員と性的関係を持ったことにより退学処分を受けた。それにより、李青は、学校のみならず、家からも追い出された。居場所を失った李青は街をさまよい、台北の新公園（現：二二八平和紀念公園）のゲイコミュニティーに流れ着く。新公園は、同性愛者の「王国」として次のように描写される。

我々の王国には闇夜があるだけで、白昼はない。夜が明けるや、我々の王国はたちまち姿を隠す。極めて非合法な国だからである。我々には政府もなければ憲法もない。承認も受けていなければ、尊重されることもない。我々が持っているのは、単に烏合の衆の国民だけである。

（白先勇『孽子』陳正醍訳、国書刊行会、13頁）

同性愛者にとって、新公園が「王国」となるのは夜だけで、昼は人目を忍びながら生きるしかなかった。彼らは、家族にも社会にも受け入れられず、法的にも守られることはない。李青は、長老の保護のもと、同じ境遇の少年たちと共に過ごし、自分の生き方を模索する。華人社会では「伝宗接代《チュワンゾンジエダイ》（でんそうせつだい）」といわれる父から息子への男系の家の継承を重視する伝統がある。ゲイであることは受け継がれてきた血統を断絶させる親不孝と見なされ、罪の子を意味するタイトル「孽子」にも表されている。

『孽子』は、同性愛者がカミングアウトすれば、家に居続けることすら許されなかった１９７０年代の台湾社会における、ゲイの青年の葛藤と絶望、台北のゲイコミュニティーの証言者でもある。同時に、この時代に同性愛の物語を描き発表することの緊張感、作家の気迫と覚悟も刻印されている。

ＬＧＢＴＱ＋文学の定義は難しい。作家であり、国立政治大学台湾文学研究所でＬＧＢＴＱ＋文学を研究している紀大偉《ジー・ダーウェイ》（き・だいい）は、研究書『同志文學史』（２０１７年）のなかで、ＬＧＢＴＱ＋文学を、暫定的に「読者に同性愛を感じさせる文学」と定義している。[8] この定義に従えば、『孽子』以前もＬＧＢＴＱ＋小説が台湾になかったわけではない。だが『孽子』は、男性同性愛者が一人称で語り、同性愛を語ることの主体性を可視化したという点で、台湾LGBTQ+文学の礎となった作品だと見なされている。40年前、同性婚法制化に向けて確かに踏み出された一歩を私たちは『孽子』に目撃する。

文学だからゲイ（禁忌）の物語を社会に発信できた

『孽子《ニエズ》』におけるゲイの「王国」についての描写はさらに続く。

我々の王国の歴史は曖昧であり、誰が創立したのかもいつ始まったのかもわからない。だが、極めて密かで極めて非合法なこの狭隘な小国では、ここ何年かの間に、涙なしには語ることができず部外者には聞かせることのできない、変転の痛史を少なからず経験してきた。

（白先勇『孽子』陳正醍訳＝前掲、13頁）

「王国」は、同性愛者が置かれた理不尽な立場のみならず、『孽子』が発表された戒厳令下真っただ中にある１９７０年代の台湾が置かれた不安定な状況にも重なる。

１９７１年、国連総会２７５８号決議（通称アルバニア決議）において、国連における「中国代表権問題」を巡り、中華人民共和国を国連における中国の唯一の合法的代表とし、蔣介石の代表を国連とその関連組織から追放することについて、審議、承認された（賛成：76 反対：35 棄権：17、なお、日本、アメリカは反対票を投じた）。これにより中華民国（台湾）は、本決議に抗議する形で、国際連合から脱退した。

１９６５年からのアメリカのベトナムへの軍事介入は、対中封じ込め政策の帰結でもあったが、泥沼化し収束の見通しは立たなかった。１９６９年に大統領に就任したニクソンは、ベトナムを支援していた中華人民共和国に接近し、中華人民共和国と対立しているソ連を牽制するためにも、１９７２年２月に訪中した。この際に上海コミュニケも発表され、米中の敵対関係に終止符をうち、国交正常化に向けて関係の緊密化に努めることになる。

１９７２年９月、中華人民共和国と国交正常化した日本は、中華民国（台湾）

と断交する。ここで、日本と中華民国（台湾）との戦後の歴史を少し見ていきたい。

台湾は、1945年の日本の敗戦により、1895年からの植民地統治から解放され、中華民国に接収された。当時、台湾にいた日本人約50万人が日本に引き揚げると、国共内戦で敗れた国民党軍とその関係者たちが中国から約150万人も台湾に逃げ込んだ。このうちの一人が1937年に中国江西省に生まれた白先勇《バイ・シエンヨン》（はく・せんゆう）である。父親は中華圏の人なら誰もが知っている国民党の国防部長を務めた白崇禧（はく・すうき）将軍だ。

当時、台湾に住んでいた約600万人の人たちは、敗戦により約50万人の日本人を送り出し、中華民国という祖国復帰を喜んだのも束の間、一瞬にして、第二次世界大戦の敗戦国から戦勝国になりながらも、今度は国共内戦の敗者たち約150万人を、自分たちの意志とは無関係に、迎え入れることになった。

1949年5月、台湾全土に戒厳令が布かれた。蔣介石は、1949年10月に毛沢東が北京で中華人民共和国を建国すると、12月に台湾に逃げ込み、台北を中華民国の臨時首都とし、台湾で国民党一党独裁体制を築いた。戒厳令は、世界最長の38年間も続き、1987年にようやく解除される。それまで台湾は、白色テロ（権力者による敵対勢力に対する暴力的な弾圧を指す語。フランス革命時に革命勢力が逮捕、惨殺された際、フランス王権の象徴が白百合だったことに由来する。台湾において国民党は、共産党から中国大陸を奪い返し、中国を統一することを基本国策に掲げていた。そのため、これに反する「共産主義」および「台湾独立」の取り締まりを主たる名目として、長期にわたり厳しい政治弾圧が行われることになった。白色テロと呼ぶ期間については諸説あるが、1949年から、内乱罪を定めた刑法100条が改正される92年までとするのが一般的である）[9]の時代が続き、自由や民主化運動を激しく弾圧した。

『孽子』が発表された1970年代は、自由に声を挙げることすら難しい、まして社会運動をするなんてとんでもない時代だった。鈴木賢は『台湾同性婚法の誕生――アジアLGBTQ＋燈台への歴程』の中で次のように述べている。

一九九〇年代以前には同志の人権、同志による社会運動には、生存空間すら与えられていなかったのである。そうしたなかで公の場で同性愛について発話することが可能で、また団体を作る必要もなく（結社の自由が制約されていた）、ひとりで活動することができた舞台、それこそが文学であった。[10]

先述した祁家威《チー・ジアウェイ》（き・かい）は、立法院への請願後、台湾警備総司令部で拘束されるなど政治犯のような扱いを受けている。[11]そのような社会において、『孽子』は、文学だからこそ、同性愛者の主体性を、フィクションとして描き、公共空間に発信できたのである。

「同志」がすべての性的マイノリティを包括する言葉になるまで

台湾では、ＬＧＢＴＱ＋文学のことを「同志《トンジー》（どうし）文学」という。「同志」というのは、日本語では、同じ志を持つ仲間を指す言葉だ。だが中国語圏では、日本とは異なる二つの意味が加わる。一つ目は、孫文の遺言に端を発し、中国共産党で使われた呼称、敬称だ。中国共産党が設立から１００年以上が経った２０２２年の中国共産党第20回全国代表大会においても、習近平は「同志のみなさん」と党員たちに呼びかけている。[12]最近は、中国の一般社会では使われていないが、共産党のみならず、中国社会で、呼称、敬称として広く使われていた時期もあった。

二つ目は、ＬＧＢＴＱ＋を表す。現在では、台湾、香港はもちろん、中国でも広く使われるようになった。実は、台湾では、同性愛を意味する言葉として長らく「同性恋《トンシンリエン》」が使われてきた。けれども「同性恋」という言葉には、異常、変態といったマイナスのイメージが付きまとった。対してＬＧＢＴＱ＋を表す「同志」という言葉の歴史は比較的新しく、１９８９年に香港で開催された第一回「Lesbian and Gay Film Festival」が「香港同志影展」と訳されたことに始まる。[13]この訳を提案したのは、香港の劇作家である林奕華《リン・イーホワ》（１９５９－）だ。この名訳は、１９９２年、台湾版アカデミー賞である金馬奨において、「New Queer Cinema」の訳「新同志電影」にも引き継がれることになる。こうして１９９２年、ＬＧＢＴＱ＋を表す「同志」は、台湾にも上陸した。このように映画が発端となったわけだが、文学と合わさって、「同志文学」という言葉が使われたのは、紀大偉《ジー・ダーウェイ》（き・だいい）によると台湾が最初とのことだ。[14]

１９８７年、戒厳令が解除され、１９９２年、内乱罪について定めた刑法１００条が修正された。この時、政治犯として捕まる恐怖から、台湾の人たちはようやく解放された。言論空間が次第に広がっていく1990年代の台湾において、「同志《トンジー》」という言葉は、急激に流布し、マイナスイメージに満ちた「同性恋」に変わる同性愛を表す言葉として、自称、他称としてポジティブに用いられていくことになる。

だが「同志文学」という言葉が流布してしばらく経つと、同志文学がゲイ（男性）中心主義の文学であることへの批判として、クィア（酷兒）文学という言葉も使われ始めた。クィアは同志のステレオタイプ化などに疑問を投げかける批判的な言葉でもある。同志文学がカテゴリーであるのに対し、クィア文学は批判、疑義を呈する姿勢や方法でもあるため、基本的に、カテゴリーとしては、同志文学にクィア文学も含まれる。「同志」は、現在では、いかなる性的マイノリティも排除しない、L（レズビアン）・G（ゲイ）・B（バイセクシュアル）・T（トランスジェンダー）・Q＋（クィア）、すべての性的マイノリティを包摂するインクルーシブな言葉として用いられている。

レズビアンは自死を選ぶしかないのか――『ある鰐《わに》の手記』

1970年代から1990年代にかけて、文学の最大の発表メディアは、『聯合報』と『中国時報』の二大新聞の文芸欄（副刊という別冊版）だった。戒厳令（1949－1987）下、文学は、新聞という社会メディアの最前線で、フィクションだからこその新しい思潮やぎりぎりの表現を、日々発信し続け、言論空間を拡げ続けていたのだった。その二大新聞の文学賞は、日本でいう芥川賞、直木賞のような権威ある文学賞として台湾の文学を数十年にわたり牽引していく。

戒厳令解除後、民主化へと激動の転換を遂げていった1990年代、台湾（中国中心主義に対しての）、女性（男性中心主義に対しての）、先住民（漢人中心主義に対しての）など、従来、周縁に追いやられていた人々により、それぞれの主体性を巡る権利獲得運動も熱気を帯び、さまざまなアイデンティティを語る文学が生まれていった。LGBTQ＋も主体を獲得するための言葉と物語を求めて多数の文学を生み出していく。台北の台湾大学の近くには、1994年に女書店（台北市大安区新生南路三段56巷7号2F）、1999年に晶晶書庫（台北市大安区羅斯福路3段

２１０巷８弄８號１Ｆ）というＬＧＢＴＱ＋書籍専門の書店もオープンした。

１９９５年は、台湾ＬＧＢＴＱ＋文学にとってメルクマールの年だといえる。邱妙津《チウ・ミアオジン》（きゅう・みょうしん、１９６９－95）のレズビアン小説『ある鰐の手記』（垂水千恵訳、作品社）が、発表翌年の１９９５年に『中国時報』の時報文学賞推薦賞を受賞した。同年、紀大偉《ジー・ダーウェイ》（き・だいい）のクィアＳＦ小説「膜」（白水紀子訳、作品社）も聯合報文学賞中編小説賞を受賞する。二大文学賞がいずれも同志文学を受賞作に選んだ衝撃は、作品数の爆増へと繋がった。１９８０年代に計13篇しかなかったＬＧＢＴＱ＋小説は、１９９０年代には２１５篇も発表されるに至る。[15]

邱妙津の『ある鰐の手記』は、台湾大学に通うレズビアン拉子《ラーズ》の物語だ。レズビアンとしての葛藤と絶望に加え、ゲイの友人との友情も描かれている。拉子は、女友達の水伶を愛する自分に苦しみ、「私は女を愛する女だ。それが蜜のように顔を濡らす涙の源泉……（中略）……全世界が私を愛してくれてもだめ。私自身が私を憎んでいる」（垂水千恵訳、作品社、23頁）と、レズビアンであることを認めながらも、自分を憎み、自己否定し続ける。物語には、時折、鰐《わに》の寓話が挿入される。鰐という非人間に自らを戯画化し、不正常、異類として差別される孤独な同性愛者の姿を重ねたのだ。

作者の邱妙津は、1992年にフランスに留学、94年にはパリ第八大学に進学した。翌年6月25日、25歳の若さで、留学先のパリで自ら命を絶った。『ある鰐の手記』は、多くの同性愛者、あるいは作家たちに影響を与えたばかりでなく、「拉子《ラーズ》」「鱷」は、中国語圏でレズビアンの代名詞となっていった。言葉や文学のあり方への影響にくわえて、レズビアン＝自殺というイメージも、邱妙津は遺して逝ってしまった。

未だに冷めやらぬ彼女の影響の大きさは、死後、約30年が経ったにもかかわらず、台湾の文学雑誌『ＩＮＫ 印刻文学生活誌』２０２３年１月号が、邱妙津を表紙として、特集「永遠の邱妙津の愛と文学」を組んでいることからも見て取れる。

邱妙津が台湾社会の変化を見届けることはかなわなかった。だが、２０１８年に刊行された李屏瑤《リー・ピンヤオ》（り・へいよう）『向日性植物』（李琴峰訳、光文社）、李琴峰《り・ことみ》『独り舞』（２０１８年）など、邱妙津へのオマージュともいうべき作品が多数生み出されている。この2作はいずれもレズビアンが自殺しない物語として誕生した。

台湾文学がこの邱妙津のレズビアン＝死の呪縛から解放されるには、約四半世紀が必要だったのだ。

台湾で同性愛の物語としても読まれた『ノルウェイの森』

日本の２０２２年の新刊発行点数は６万６８８５点だ。[16] 昨今の傾向では、年間新刊翻訳書発行点数は約６０００点[17]という。つまり翻訳書は書籍全体の約９％に過ぎない。一方、台湾の２０２２年の台湾の年間新刊刊行点数は５万６１２１点（紙：３万６０８４点、電子：１万９６１４点）だ。[18] ２０２３年１月の日本の人口が１億２４７５万２０００人、[19] 台湾の人口が２３３０万１９６８人であり、[20] 日台の人口比が約５対１であることを考慮すると、台湾は相当な出版大国だといえる。そのうち、台湾の翻訳書は１万７８５４点（紙：１万14点、電子：７８４０点）で、全体の32％を占め、日本より圧倒的に多い。さらに訳書のうち、原文が日本語の書籍の翻訳は、１万２７８点（紙：５２５０点、電子：５０２８点）で、翻訳書の58％となり、半分以上を占める。紙も電子も一番多いのは漫画で、２位が小説、３

位が児童書だという。[21]

　こうした最近の出版状況を鑑みても、日本の漫画、小説がいかに台湾でも広く読まれているかがわかる。中でも村上春樹の人気は、書籍のみならず文化現象にもなっていく。村上春樹が台湾で最初に紹介されたのは１９８５年、頼明珠《ライ・ミンジュ》の訳で「鏡の中の夕焼け」「１９８０年におけるスーパー・マーケット的生活」等短編３篇だった。その後、１９８９年の『ノルウェイの森』（故郷出版社）出版がきっかけとなり、広範な読者の注目を集め始める。

　藤井省三は、中国語圏における村上春樹の受容について「村上春樹の文学というものが東アジアの共通の現代文化、ポストモダン文化の原点となっている」[22]と述べ、受容の特徴の一つとしてポスト民主化運動を挙げている。[23]台湾でも、『ノルウェイの森』は、まさに民主化運動後、学生運動、民主化運動に幻滅していった若者たちの心に響いていった。[24]

　台湾で『ノルウェイの森』が刊行された翌年、野百合学生運動（１９９０年に起こった学生運動。国民大会＝国会に相当＝の国民代表は、中国大陸の選挙区では選挙が実施できず、任期は無期限延長となり、改選がなされず「万年国会」となっていた。「万年国会」

の解消などを求めて、大学生約６０００名が参加し、中正紀念堂広場に座り込み抗議活動を行った。当時総統であった李登輝は学生側の要求を受け入れ、間もなく国是会議を開催。１９９１年には臨時条款を解除、その後「万年国会」の改革に着手していく）が起こった。野百合学生運動は成功し、台湾民主化における重要な転換点を生み出した一方、民主化運動の過程で政治や社会に幻滅した若者は『ノルウェイの森』に共感していく。

時報出版社が１９９２年に村上春樹の著作権を得た後、計画的に翻訳出版し続け、ＰＲイベントや公式サイトなどを展開していくなかで、人気は社会現象化していった。

たとえば、台湾大学の近くに、村上春樹作品名を店名にしたカフェ「挪威森林（ノルウェイの森）」（１９９３年開店、２００７年閉店）、カフェ＆ライブハウス「海邊的卡夫卡（海辺のカフカ）」（２００５年開店、２０２３年閉店）も誕生した。２０１０年代には、中国の経済的台頭が続く中、もはや大きな経済成長が見込めず、若者が夢を持ちづらい台湾社会において、村上春樹のエッセイ『うずまき猫のみつけかた』の一節「生活の中に個人的な「小確幸」（小さいけれども、確かな幸福）を見出す」に依拠する「小確幸《シャオチュエシン》」という言葉が文学青年（文青）たちの哲学の一つになっていった。２０１０年には、カフェ「小確幸紅茶牛奶《ミルクティー》合作社」が開業、日本統治時代に建設された酒造工場跡地をリノベーションしたアートなスポット華山《ホワシャン》１９１４文創園区（台北市中正区八徳路一段1号）にも出店している。インスタ映えする盛ったドリンクが目立つ台湾において、「小確幸」を味として表現しているのか、台湾を代表する紅茶「台茶18号」と、安心で美味しく人気の高雄《ガオシオン》（たかお）の「高大牧場」の牛乳による極めてシンプルなミルクティーを提供し、人気を博している。

今度は、台湾の文学や映画への村上春樹の影響をみていきたい。邱妙津《チウ・ミアオジン》『ある鰐の手記』には、村上春樹やジャン・ジュネなど文学や映画などさまざまな文化記号が散りばめられている。例えば、小説は次のように始まる。

「来る時に、何かおもちゃ持って来てくれない？」と鰐が言う。
「いいさ。僕が縫ったお手製の下着を持っていってあげよう」と太宰治。
「世界一美しい書架というのはどうだね」これは三島由紀夫。

「ボクの早稲田の卒業証書のコピー百枚をキミのトイレに貼るってのはどうかな」と村上春樹。

（『ある鰐の手記』垂水千恵訳、作品社、7頁）

翻訳者の垂水千恵によると、『ある鰐の手記』には、日本文学への言及が多く、なかでも村上春樹は言及、引用のみならず、その存在が深く浸透しているという。[25] さらに、垂水は、『ある鰐の手記』において、「一緒に精神病院に入れたら、どんなにいいかしら」と水伶が理想として語る拉子との関係が、『ノルウェイの森』の阿美寮における直子と玲子の関係に酷似していると指摘したうえで、『ノルウェイの森』で村上春樹が周到に否定した直子と玲子のレズビアン性を、『ある鰐の手記』は理想の関係として描いたと分析している。[26]

日本では、死と再生を描いた物語として読まれた『ノルウェイの森』であるが、台湾では、同性愛の物語としても解読されていった。紀大偉は、『同志文學史』の中で、『仮面の告白』が1971年に台湾で翻訳出版された際、すでにゲイ文学として解読されていたことについて指摘し、台湾でLGBTQ+文学に最も影響を与えた作家の一人として三島由紀夫を挙げ、影響を受けた作家として邱妙津に言及している。[27] さらに、邱妙津は、『ノルウェイの森』もレズビアン小説として読み、『ある鰐の手記』に織り込んだのである。１９９５年に亡くなった邱妙津は、「22歳の春にすみれは生まれて初めて恋に落ちた……（中略）……恋に落ちた相手はすみれより17歳年上で、結婚していた。さらにつけ加えるなら、女性だった」[28]と始まる『スプートニクの恋人』（１９９９年）を読むことはかなわなかったが、すでに同書の誕生を予言していたのかもしれない。

今度は、『ノルウェイの森』をゲイの物語と読み、織り込んだと思われる映画を紹介したい。楊雅喆《ヤン・ヤージョー》（よう・がてつ）監督の映画『GF*BF』（２０１２年）は、１９８５年、戒厳令下台湾の南部・高雄《ガオシオン》（たかお）で高校生活を送る美宝《メイバオ》、忠良《ジョンリャン》、心仁《シンレン》の高校生活に始まる。大学時に民主化を求めた野百合学生運動（１９９０、32－33頁参照）への参加を経ての27年間の、彼と彼女、彼女と彼、彼と彼の友情に、異性愛と同性愛を掛け合わせ、解けない三角関係の切なさを描いた作品だ。『ノルウェイの森』では、直子、キズキ、ワタナベのうち２人が亡くなってしまった。一方、ゲイである忠良が、心仁と病で亡くなってしまった美宝の子を引き取り育てるというオルタナティブな家族像を提示した『GF*BF』の結末は、もし『ノルウェイの森』のキズキが１９６０年代の日本ではなく、２０００年代以降の台湾に生きていたなら、死ぬ必要なんてなかったというメッセージを送っているように読める。

村上春樹の人気は、小説を超えて、文化現象を生み出し、ライフスタイルにも影響を与えていった。さらに台湾社会の文脈で読まれ、新たな作品の誕生へと展開していく。学術界でも、２０１４年に、淡江大学に村上春樹研究所が設立された。[29] 20世紀から21世紀にかけての台湾の文学や文化を考えるうえで、村上春樹は看過することのできないアイコンなのである。

白色テロのトラウマとゲイの息子と母――『花嫁の死化粧』

民主化運動のエネルギーが台湾にあふれるなか、ＬＧＢＴＱ＋文学が百花繚乱となった１９９０年代に刊行された小説のうち、日本で邦訳が出版された作品を一部紹介したい。

１９９７年に刊行された李昂《リー・アン》（り・こう）「花嫁の死化粧」（藤井省三訳、白水社）

は、二二八事件（1947年2月、ヤミ煙草の取り締まりを契機に本省人と外省人の衝突が起こり、台湾全土に反政府の政治抗議活動が波及。蔣介石は中国大陸から部隊を派遣し、台湾各地で市民に対する逮捕や虐殺を行い、特に台湾社会のエリート層は壊滅的な打撃を受けた。死亡者数は約1万8000人から2万8000人と推計される。本事件により、本省人と外省人の間の亀裂は決定的となり、その後の台湾社会に長く影を落とすことになった）から50年後にようやく開催されることになった公開追悼会の準備の場面から始まる。恐らく、1995年2月28日に、『孽子《ニエズ》』の舞台でもある台北の新公園（現：二二八平和公園）で執り行われた二二八事件記念碑落成式で、当時の中華民国（台湾）総統（中国国民党主席）だった李登輝《リー・ダンフイ》（り・とうき）が、犠牲者と家族に対し公式の謝罪を表明した時に重なる。

『花嫁の死化粧』は、そんな特別な日の追悼式に出演する女性作家を主人公として、ドキュメンタリーの主役として期待される民主化運動に身を投じた王媽媽《ワン・ママ》の三つの視点が重ね合わされ展開する。

お嬢さまとして育ち、日本で美容も勉強した王媽媽は、医師の夫と結婚し、羨望の対象だった。日本による植民地統治、国民党による一党独裁下にあった台湾では、医師という職業は、植民／被植民、外省／本省人といった身分に左右されずに高い地位を保証する職業だった。だが結婚直後、妊娠中に、夫は白色テロで連行され、拷問され銃殺された。王媽媽は、夫の死体を引き取ると、日本で身に付けた化粧の技術で、銃弾が貫通した穴に縫い合わせる皮膚がないため、もち米を粉にして白玉を作り、紅糟《ホンザオ》（紅麹菌を発酵させた赤色の麹菌の一種、調味料）を加えピンクの肌色にして縫合できない傷を覆ったり、切り取られた生殖器を捏ねて作ったり、皮膚を縫い合わせたりして夫の遺体を修復したという。この全貌を記録したといわれる写真集が公開されるという噂は、追悼式に参加する人々やマスコミを駆け巡った。

王媽媽が、民主化運動に身を投じ始めたのは、夫が処刑された時、お腹にいた息子が医師となり、経済的心配がなくなったからだ。だが、この追悼式の前に、息子は亡くなり、夫をようやく公に追悼できる日に、王媽媽は、息子を追悼することになってしまった。この日、王媽媽は、ゲイであった息子をようやく受け容れ、息子に花嫁の死化粧を施し、ピンクの着物を着せて送ってやったのだった。

未だ全貌が明らかにならない二二八事件とそのトラウマを、夫の悲劇、政治犯の未亡人としての経済的困難、特務と噂に監視され続ける精神的困難、そして気丈であることを自らに課すがあまり、生きているうちは息子に向き合うこともかなわず、亡くなってようやく息子を受け容れることができた母の悲しさとして描いている。

『花嫁の死化粧』は、２０１１年にオーストリアで舞台化され、２０１９年には台湾でも上演された。本作が、民主化運動に携わった人たちの心に刺さり続けるのは、白色テロのトラウマを女性の視点から描いていることももちろんだが、

女性作家はエレベーターを降りると、行き先の部屋番号を見ても左右どちらに行ったらよいかわからず、少し迷ったが、やはり左に進むことにした。彼女にはなおもこんな発想が残っていたのだ――右といえば右派で、統治者で、保守、強権で……

（李昂「花嫁の死化粧」、藤井省三訳、白水社、70頁）

こうしたユーモアに満ちた自嘲的な描写が「あの時代」を今も抱え続けて生きている人々の感性を揺さぶるからかもしれない。

その他、１９９０年代に発表され、日本語で読むことができる作品を簡単に紹介したい。

日本では侯孝賢《ホウ・シアオシエン》（こう・こうけん）監督『悲情城市』（１９８９年）の脚本家として知られる朱天文《ジュー・ティエンウェン》（しゅ・てんぶん）の『荒人手記』（池上貞子訳、国書刊行会）は、同性愛者としての権利を表舞台で主張し戦うアーヤオと、彼のプラトニックな恋人で異性愛社会に溶け込んで暮らす「おれ」の物語だ。

『同志文學史』の著者であり、台湾ＬＧＢＴＱ＋文学研究を牽引してきた紀大偉《ジー・ダーウェイ》（き・だいい）は、１９９５年に短篇小説集『感官世界』を出版した。「感官世界」とは、大島渚監督の『愛のコリーダ』（１９７６年）の中国語タイトルである。紀大偉以外にも、後述する郭強生《グオ・チアンション》の小説『惑郷の人』に大島渚監督『戦場のメリークリスマス』（１９８３年）が登場する。『感官世界』収録作品のうち、膜に閉ざされた世界の中で大脳の黙黙が夢見るＳＦクィア小説「膜」を筆頭に、「赤い薔薇が咲くとき」「儀式」「朝食」は、黄英哲、白水紀子、垂水千恵編『台湾セクシュアル・マイノリティ文学［２］中・短篇集――紀大偉作品集『膜』

【ほか全四篇】』（作品社、2008年）を白水紀子の訳で読むことができる。

他にも、1996年、ウルグアイ国籍のGrayと台湾初の同性による公開結婚式を挙行した許佑生《シュー・ヨウション》（きょ・ゆうせい）の自伝的小説「新郎新〝夫〟」（池上貞子訳）、ゲイの主人公が性転換し台湾に帰ることなく東京で暮らす、癌に罹患した叔母を見舞いにいく呉継文《ウー・ジーウェン》（ご・けいぶん）「天河繚乱」（佐藤普美子訳）、レズビアンの主人公がある女性との関係を通じて母親への愛憎と確執を解いていく陳雪《チェン・シュエ》（ちん・せつ）「天使が失くした翼をさがして」（白水紀子訳）、16歳の時に出逢った少女たちの淡い恋愛を描いた百合小説の曹麗娟《ツアオ・リージエン》（そう・れいけん）「童女之舞」（赤松美和子訳）は、黄英哲、白水紀子、垂水千恵編『台湾セクシュアル・マイノリティ文学［3］小説集――『新郎新〝夫〟』【ほか全六篇】』（作品社、2009年）に所収されている。

個人の物語から社会を語り始めたLGBTQ＋文学――『次の夜明けに』

2003年、台湾で初めてLGBTQ＋への理解を訴えるパレードが台北で行われる。台北市が行っていたＬＧＢＴを理解するためのイベントの一部としての開催だった。参加者は２０００名と伝えられている。だが台北市議からの批判があり助成金を打ち切られた２回目以降は、ＮＧＯが主催となり現在に至る。２０１９年の台湾ＬＧＢＴプライドの参加者は20万人で、日本からの参加者も年々増えている。[30]

台湾ＬＧＢＴプライドパレードの参加者や協力者は、ＬＧＢＴＱ＋の当事者や関係者だけではない。例えば、第１回から参与している団体に、フェミニズム、女性運動のフロントランナーである婦女新知基金会（１９９４年設立）がある。①家父長制を核とする婚姻、家族制度への反対、②フェミニズム理論に基づくセクシュアリティの多様性の尊重、③「個人的なことは政治的なこと」、以上の３点から、婦女新知は、同性婚の法制化にも積極的に参与してきた。[31]

ちなみに２０２２年の台湾ＬＧＢＴプライドパレードには約３００団体が参加している。台湾同志ホットライン協会、台湾ジェンダー平等教育協会などＬＧＢＴＱ＋やジェンダー関係の団体のほか、台湾人権促進会、緑色公民行動連盟、台湾死刑廃止推進連盟、障がい者団体、動物愛護団体などのＮＧＯ団体、大学の学生会、大学のサークル、学部など大学関係団体、民進党、時代力量、国民党青年団といった政党および政党の一部、Microsoft、Yahoo、銀行などの企業、さらに美国在台協会（アメリカ大使館に相当）などが名を連ねている。[32] 個人参加も多く、子連れ家族やデートなど様々である。台湾において、ＬＧＢＴＱ＋および活動に参与することは、個人の問題ではなく、社会的、政治的な問題であると同時に日常の一部なのである。

台湾ＬＧＢＴＱ＋文学も、個人の物語にとどまらず、社会をも語り始めていく。徐嘉澤《シュー・ジアゾー》『次の夜明けに』（三須祐介訳、書肆侃侃房）は、新聞社に勤務する林呂春蘭《リンリュー・チュンラン》の夫が、白色テロ（23－24頁参照）のきっかけとなった二二八事件（38頁参照）の衝撃により彫像のように物言わぬ廃人になり果てた場面から始まる。

その後、林家は高雄へと転居し、２人の息子・林平和《リン・ピンホー》と林起義《リン・チーイー》、さらに起義のゲイの息子・林哲浩《リン・ジョーハオ》へと続く林家３代の物語を縦軸に、美麗島事件（１９７９年12月10日の世界人権デーに、高雄市で実施された政論雑誌『美麗島』主催のデモを契機に、政府は党外＝国民党に反対するグループ＝活動家を一斉に逮捕し、戒厳令施行中のため民間人を軍事法廷で裁いた。アメリカやアムネスティなどの国際人権団体などから批判を受け、政府は人権問題への対応を迫られていく。本事件での逮捕者や弁護士は、後に民進党の中心メンバーとなっていく。高雄事件ともいう）、美濃《メイノン》の反ダム建設運動（１９９２－２０００年）、屏東《ピンドン》（へいとう）の中学に通う葉永鋕《イエ・ヨンジー》（よう・えいし）が女の子っぽいことを理由にいじめられ、変死体で見つかった葉永鋕少年事件（２０００年）、高雄タイ人労働者暴動事件（２００５年）、第１回高雄ＬＧＢＴプライドパレード（２０１０年）など南部の視点から台湾現代史を織り上げていく。

哲浩《ジョーハオ》は、自分の思いに従い生きていくと決め、大学2年時にゲイであることを家族にカミングアウトする。その時、そしてその後、父・起義《チーイー》は、息子にどう向き合ったのか。個人の悲劇の物語だった『孽子《ニエズ》』から30年、社会を語り始めた台湾ＬＧＢＴＱ＋文学の着実な歩みが、『次の夜明けに』を織りなしていく。歴史と人々の記憶、思いが脈々と受け継がれ、今の台湾社会が創り上げられてきたことを、台湾屈指のストーリーテラー徐嘉澤が巧みに語る同書は、台湾現代史を知るための作品としても傑作である。

マイノリティの連帯――さまよえる故郷喪失者――『惑郷の人』

未完の日台合作映画に魅せられ翻弄された人々の流転の軌跡を描いた郭強生《グオ・チアンション》（かく・きょうせい）『惑郷の人』（西村正男訳、あるむ）は、3人の男たちをめぐる物語だ。1人は、湾生《わんせい》（日本統治期の台湾生まれの日本人）で、映画監督の松尾森。2人目は、松尾森の孫で日系アメリカ人の映画研究者・松尾健二、彼は祖父の足跡を訪ねて2007年に台湾を訪れる。3人目は、外省人（戦後に国民党とともに来台した人々）二世で、松尾森に俳優としてのデビューの夢を見させられる台湾の少年・小羅《シャオルオ》だ。

松尾森は敗戦により日本に引き揚げるも、映画監督となり、台湾に渡って「江山《ジアンシャン》」と名乗る。江山とは、日本統治期、少年だった松尾森が、雑役夫として雇われていた、大稲埕《だいとうてい》にある茶商林家の御曹司で、台北帝国大学に通う大学生の名だ。松尾森は林江山に恋をするも、植民／被植民を超える経済力の格差もあり、弄ばれたのだった。

1970年代に、江山と名乗って映画監督となった松尾森は、台湾の少年・小羅を見初めた。小羅に俳優としてデビューさせてやるという夢を見させ、1940年代の台湾で、台湾人の江山とは遂げられず満たされなかった思いを、今度は、江山として、小羅に対して君臨し、弄び、支配下におくことによって満たそうとする。小羅は俳優になる自分の夢を江山が叶えてくれると信じていたが、叶わぬと知り、絶望して、故郷に帰って自殺する。

一方、松尾森は、日本統治時代を舞台とする映画を撮るために、花蓮《ホワリエン》（かれん）の吉祥鎮に日本統治時代のセットを組む。その村では奇妙なことが起こる。

吉祥戯院の付近の道が姿を変えてまるで本物の日本統治時代になり、時空のねじれと記憶の逆流が鎮の生活リズムに奇妙な変化をもたらしはじめた。ばあさんは朝起きた自分がどこにいるのかわからなくなり、寝ている家族を日本語で起こすようになった。……（中略）……じいさんは派出所に行って通報し、証拠を並べあげながらこう言うのだった。三十年前に南洋の戦場に送られ音信普通だった弟が前の晩に玄関に現れたが、逃亡兵であるためすぐどこかに行ってしまった、と。じいさんは警察に捜査員を動員して探してほしい、と言う。

（郭強生『惑郷の人』西村正男訳、あるむ、78頁）

村の人々が、まるで日本統治期に戻ったかのように振舞い始めたのだった。そして、1945年に日本から中華民国となったため、フィリピンで戦死したまま、故郷を探してさまよっていた台湾人元日本兵の王敏郎《オン・ビンロン》の幽霊も、故郷が映画のロケ地となり、日本統治時代のセットが組まれていたため、見慣れた街並みにようやく故郷を見つけ、帰還することができたというのだ。

幽霊となった台湾人元日本兵の王敏郎は、帰郷後、自殺して幽霊となった少年の小羅と出会い、日本の植民地であった台湾が、死後には中華民国となっていたため、故郷を見つけられず帰郷できなかった不条理を淡々と語り続ける。さらに特別志願兵としての苦悩も語る。

そやけど、なんであの時の僕は天皇に忠誠を尽くした台湾人やったんやろうと思いますわ。日本が戦争に負けて、誰に文句を言ったらいいんです？あの人たちのことは許しました。そうせんと自分も許せませんし。

（郭強生『惑郷の人』西村正男訳、あるむ、159－160頁）

こうして自分を許すために日本も許すことにした経緯を話す。それを聞いた小羅も、自殺した自分を許し向き合い始め、「僕は自分が好きなのは男の人だといつ知ったんだろう」（郭強生『惑郷の人』西村正男訳、あるむ、168頁）とカミングアウトする。2人は、生きているうちには言えなかったことを、幽霊となって語り合い、自分を許し受け入れるのだった。

自死しないレズビアン文学の誕生――『向日性植物』

李屏瑤《リー・ピンヤオ》（り・へいよう）『向日性植物』（李琴峰訳、光文社）は、若者にも広く読まれ、2018年には、「高校生愛読書ベスト10」にも選ばれたレズビアン小説だ。主人公の「私」は、台北の名門女子高に入学後間もなく、先輩の小游《シャオヨウ》に思いを寄せ、付き合うようになる。だが小游には、親に引き裂かれた元恋人の小莫《シャオモー》がいた。3人は台湾大学に進学し、やがて社会人になり、それぞれの道を歩み始め、再会する。惹かれ合いながらも苦悩し揺れ動く青春の日々を描く、みずみずしくフラットな筆致からは、台湾社会と文学のジェンダー平等への誇り高き歩みが溢れ出るようだ。

先述の『ある鰐の手記』が書かれた1994年、台北の名門女子校である台北第一女子高校に通う女子生徒2人の心中事件が起こった。2人が残した遺書には「私たちはこの世界の本質に適合していない」という一文があった。[33] 自己否定せずには書けなかった『ある鰐の手記』から四半世紀を経て、本書には、等身大のレズビアン文学が誕生するまでに至る社会の変化、LGBTQ+コミュニティの歴史が随所に埋め込まれ、それに伴う感覚、感情、言動のアップデートも描出されている。

ちなみに同書では、レズビアンを拒絶するのは、本人ではなく小莫の父親で、その父親も台湾大学か政治大学の名門校に合格することを条件に受け容れる妥協案を示す。学歴重視の台湾社会の一端が垣間見られる展開だ。白先勇《バイ・シエンヨン》（はく・せんゆう）、邱妙津《チウ・ミアオジン》（きゅう・みょうしん）、紀大偉《ジー・ダーウェイ》（き・だいい）、郭強生《グオ・チアンション》（かく・きょうせい）、李琴峰（り・ことみ）、李屏瑤《リー・ピンヤオ》（り・へいよう）いずれも台湾大学出身の作家たちだ。台湾文学は、創作と批評との距離が近いが、殊にＬＧＢＴＱ＋文学については、アカデミズムとの距離がとりわけ近く、創作と批評が切磋琢磨しながら発展してきた。

レズビアンの登場人物が自らの存在を否定し、自殺する必要はもうなくなった。ただ主人公、小游、小莫の３人全員がハッピーエンドを迎えたとは言い切れない。海外で働いていた小莫は、病気のため帰国し、入院する。主人公と小游は、小莫の手術に付き添い世話をしようと病院に通い続けるものの、看護師に「彼女はもういません。もう来なくて結構です」と告げられ、家族にも拒まれる。術後、小莫は亡くなってしまう。家族ではない小游や「私」は、小莫の入院や葬儀に伴う手続きに踏み込むことは許されず、疎外されていく。

やはり死を以て、失意のなか、迎えることになるこの結末は、レズビアンが「私はこの世界の本質に適合していない」現実の過酷さを表しているのか、それとも三角関係は成立しないという普通の恋愛小説として描いた結果なのか……。

それでもゲイカップルがレズビアンカップルより圧倒的に少ない理由
──『亡霊の地』

中華民国内政部戸政司「人口統計資料」の調査によると、同性婚が法制化した2019年以降の台湾の全婚姻総数・異性間婚姻数・同性間婚姻総数・男性間婚姻数・女性間婚姻数の統計は53頁の表の通りとなる。[34]

2019年から2023年までの5年間での同性婚総数は、1万2858組となり、婚姻総数の約2%となる。衝撃的なのは、1万2858組中、男性間がわずか3874組の30・1%、女性間が8984組の69・9%であり、女性間が男性間よりも約4割も多いことだ。ちなみに2001年に世界で最初に同性婚を法制化したオランダの場合、2001年から2004年までの同じく4年の間に、結婚したカップルは6897組、うち、男性間は3680組の53%、女性間は3217組の47%であり、[35]男性間、女性間の差はわずか6ポイントに過ぎない。

陳思宏《チェン・スーホン》（ちん・しこう）『亡霊の地』（三須祐介訳、早川書房）の主人公・陳天宏《チェン・ティエンホン》は、作家となるが、ゲイとして生きることへの抑圧から逃れるため、台湾の片田

	全婚姻総数	異性間婚姻数	同性間婚姻総数	男性間婚姻数	女性間婚姻数
2019年	134,524	131,585	2,939	928	2,011
2020年	121,702	119,315	2,387	674	1,713
2021年	114,606	112,750	1,856	535	1,321
2022年	124,997	122,520	2,477	685	1,792
2023年	125,192	121,993	3,199	1,052	2,147
合計	621,021	608,163	12,858	3,874	8,984

同性婚法制化後の婚姻数推移（2019-2023）

舎・彰化《ジャンホワ》（しょうか）永靖の故郷を離れ、ベルリンに向かう。だが、ドイツ人の恋人を殺してしまい、ベルリンの刑務所に収監される。刑期を終え、十数年ぶりに故郷の永靖に帰ってきたその日はちょうど中元節（旧暦7月15日、お盆にあたり、死者が帰還する日）で、冥界の門が開き、すべての死者の魂や悪霊がこの世に帰ってくる日だった。同書では、「亡霊の地」たる故郷で、生者も死者も、家族と土地についての記憶とトラウマ、愛憎が怒濤のように語られていく。

例えば陳天宏の母・陳阿蟬《チエン・アチャン》は、保守的なジェンダー観が残る陳家の長男に嫁ぎ、5人の娘を産んだ。だが、「四人の息子が平穏に成長して嫁をもらい、そしてまたたくさんの息子を産みますように。絶対に娘は産んではいけない、何の役にも立たないのだから」[36]と、あちこちの廟へのお参りをかかさない姑は、女の子が生まれても一度も見に来ず、嫁である阿蝉《アチャン》を虐めた。陳天宏の兄が生まれた時、姑はようやく祝儀を包み嫁に渡す。

『亡霊の地』では、男を産まない嫁をいびり倒した姑のエピソードを始め、「必ず二人の弟たちが先に箸をつけてから、ようやく彼女たちに番が回ってくる」[37]「娘はそんなに勉強する必要はない、どのみち嫁に行くのだから」[38]といった男尊女卑の世界が繰り広げられ眩暈がする。これは、1960－1980年代の台湾の田舎を描いた小説だからで、ジェンダー平等が社会や教育の場で進む現在の台湾社会では、あり得ないと私は信じたかった。

だが、実際の台湾社会においても、同性婚法制化に向かう2010年代になると、同性愛が一部の関係者のみならず社会全体の問題として認識されていくためか、様々なバックフラッシュが起こっていく。例えば、学校では、ある宗教組織と関係のある保護者がLGBTQ+を含むジェンダー平等教育に反対するため、保護者の身分を利用して保守的なジェンダー観を宣伝し始めたこともあったという。[39]さらに、「家族の価値と次世代の幸せを尊重する愛家団体」をモットーとするキリスト教系の下一代幸福連盟（次世代幸福連盟）や、新興宗教の一貫道、旧統一教会（現・世界平和統一家庭連合）を含む10以上の宗教団体から成る台湾宗教団体愛護家庭大連盟などの反同性愛団体は、豊富な資金源を武器に、新聞、テレビや街頭看板などで、同性婚法制化に反対する大量の広告を流した。[40]

それらの広告内容の中には、同性愛とエイズ、死を結び付けるものや、次世代が誕生せず一家が途絶える親不孝の恐怖などを煽るものもあった。結果的に、同性婚法制化前年の２０１８年に国民投票が行われ、民法の婚姻章において同性カップルによる婚姻関係を保障する案が否決され、同性婚法制化に否定的な投票結果となる。こうした同性婚法制化へのバックラッシュは、同性婚に反対するのみならず、保守的な家族像も社会に発信し続けた。

拙論「台湾ＬＧＢＴＱ映画における子どもをめぐるポリティクス」（『日本台湾学会報』第24号）でも指摘したが、２０１０年代に公開された台湾ＬＧＢＴＱ＋映画のハッピーエンドとしての落としどころは、子の誕生になっている。つまり、台湾ＬＧＢＴＱ＋映画は、あえて無理やりにでも次世代の誕生を描き、伝宗接代（男系による家の継承）という漢人の価値観に基づく婚姻と生殖の関係を以て同性婚の法制化に反対するバックラッシュへ応答したといえる。[41]

『亡霊の地』を読み進めると、主人公と姉たち、母のみならず、父もまた伝宗接代の被害者であることが明らかになる。主人公が子どものころ愛した赤い短パンを穿いたお兄さんが、なぜ台湾大学を卒業しながらも地元に帰ってスターフルーツ果樹園を営んでいたのか、父が晩年なぜ廟に籠り、息子が書いた小説を密かに読み続けていたのか。そこには彼らの政治的姿勢と性的指向に関する二重のタブーが秘められていた。

ジェンダー平等へ猛スピードで進む台湾社会とは裏腹に、保守的な家族関係、あるいは信心深い宗教観が掛け合わされると、伝宗接代を守り続けるジェンダー保守の価値観はそう簡単には変わらないようだ。台湾の同性婚における男性間の婚姻数の圧倒的な少なさは、伝宗接代の呪いである。

百合小説だからこそ回収されない関係性——楊双子『台湾漫遊鉄道のふたり』

台湾文学で初めて第10回日本翻訳大賞（三浦裕子訳）を受賞し、台湾文学で初めての全米図書賞（翻訳部門）（Lin King訳）受賞作品となったのが、楊双子《ヤン・シュアンズ》（よう・ふたご、1984－）『台湾漫遊鉄道のふたり』（三浦裕子訳、中央公論新社）である。

時は、日本統治期の1938年、帝国主義反対のはずで御用作家になんかなりたくない、食いしん坊で長崎在住の作家・青山千鶴子は、かねてから「どうあっても、一度台湾に行かねばなるまい」と決意していた。とはいえ、このご時世にありがちな「南進政策」の物語はお断りである。そんな中、青山千鶴子原作の映画『青春記』を観て深く感動した台中州の婦人団体「日新会《にっしんかい》」が、千鶴子を講演に招待し、台湾総督府も内地作家の台湾旅行招待への協賛を快諾、晴れて、青山千鶴子は、台中州庁台中市役所名義の招待状を受け取ったのだった。そこで出会ったのが、優秀で料理上手な完璧すぎる台湾人通訳・王千鶴《おう・ちずる》だ。同書には、青山千鶴子と王千鶴との台湾での1年間の漫遊が綴られている。

青山千鶴子の表面的なモデルは、従軍ペン部隊として活躍し、台湾にも行ったことがある林芙美子（1903－1951）で、恐らく実質的なモデルは、台湾で育ち台湾の日本語文壇のドンであり、台湾を上から目線で愛し続けたとも言われる作家・西川満（1908－1999）だと思われる。一方、王千鶴のモデルは、台湾人最初の女性新聞記者だった楊千鶴《よう・ちず》（1921－2011）だろう。

百合小説の古典たる吉屋信子『花物語』は、花に託した54の表題から成る連作集だが、『台湾漫遊鉄道のふたり』は、「瓜子　瓜の種」「米篩目　米粉の太うどん」「麻薏湯　黄麻の葉のスープ」といった12の台湾の料理名が各章の表題となっている。青山千鶴子は、「本物の旅行はね、その地で生活することよ」（楊双子『漫遊鉄道のふたり』三浦裕子訳、61頁）と自負し、台中に家を借りて暮らしつつ、台湾縦貫鉄道で彰化《しょうか》、鹿港《ろっこう》、嘉義《かぎ》、高雄《たかお》、台南を旅し、ご当地の名物を食べ歩く。

王千鶴は、現地の食文化や歴史に通じるのみならず、料理の腕まで天才的なプロフェッショナルな通訳で、常に青山千鶴子が求める一歩先を提供し続けるも、自らの本心を決して明かすことがない。「千鶴ちゃんのことを、親友だと思っているから」（221頁）と、青山千鶴子は、いつしか千鶴に深い愛情を覚え、本島人の青年と結婚することになっている王千鶴に、日本で一緒に暮らそうとまで言い出すのだった。だが台湾についても千鶴についても良き理解者気取りの青山千鶴子の上から目線の独りよがりな善意の押しつけを王千鶴は見破り、「内地人と本島人の間に、平等な友情は成立しないのです」（360頁）ときっぱりと断る。

もしこれが異性愛の恋愛小説なら、映画『海角七号』（魏徳聖《ウェイ・ドーション》、2008年）のように、植民／被植民の不平等は、恋愛に回収され、不可視化されてしまっただろう。『台湾漫遊鉄道のふたり』は、百合だからこそ、大衆文学と純文学をも鮮やかに越境し、ハラハラドキドキさせつつも、付かず離れず一定の距離を保ち続け、ジェンダー、民族、階級の不平等を可視化した。

日本では翻訳されていないが、楊双子が2017年に刊行した『花開時節』も紹介したい。『花開時節』は、台湾人女子大生が日本時代にタイムトラベルし、そこで出会った日本人少女と想い合う百合小説である。タイトル「花開時節」は、『台湾漫遊鉄道のふたり』でも王千鶴のモデルになったと思われる楊千鶴が1942年に発表した小説「花咲く季節」の中文タイトルに由来する。

物語は、台中高等女学校に通う雪子が、入学式後に「高女の校長が女性でないなんて！」と言い放ち、先輩の顰蹙を買う場面から始まる。雪子とは、台中の名門・楊家の末娘・楊雪泥《ようせつでい》のこと。実は、1994年に台中に生まれアメリカで育ち、台中の大学に進んだ楊馨儀《ヤン・シンイー》が、学内の湖の畔で卒業記念に写真を撮っていたところ、湖に転落し、目が覚めると、時は大正15(1926)年の日本統治時代、雪子と呼ばれる少女・楊雪泥に転生していたのだった。

ある夏、日本華族出身の湾生(日本統治期の台湾生まれの日本人)で同い年の松崎早季子が雪子の家で過ごすことになり、二人はいつしか互いに特別な存在となる。雪子は、早季子とともに日本へ進学することを夢見ていた。だが、早稲田大学在学中の兄の心中未遂により、雪子の夢は潰えてしまう。兄からの手紙を追っていくと、手紙の日付は初期こそ元号(昭和)で書かれているが、次第に西暦へと変わっていた。ある日、兄は、雪子に「内地の出身でもなく、支那の生まれでもない。本島人とはいったい何なのか」と問いかける。雪子は、兄の自殺未遂の原因が心中ではなかった可能性を知ったのだった。

兄との対話と手紙の日付を除いて、同小説に、植民/被植民の葛藤は描かれていない。台湾人の雪子と日本人の早季子が、被植民/植民に引き裂かれる場面は皆無であり、二人はただ互いを想い合っている。

一見フラットな日本統治時代にタイムトラベルする台日百合小説として本書は始まる。だが、読み進めるうちに、自殺未遂をした兄との対話に躓き、葛藤、失意 共謀の歴史的記憶の疼きを突き付けられていく。フラットな語り始めと、一歩踏み込めば直視せざるを得ない歴史的記憶の啓示にこそ、2017年に日本統治時代を語る『花開時節』の小説としての今日的戦略が秘められている。そして、その戦略は『台湾漫遊鉄道のふたり』へと引き継がれた。

第2章

女性国会議員が40%以上を占める国の文学の女性たち

衝撃のフェミニズム小説――『夫殺し』

毎年、ノーベル文学賞発表の秋が近付くと、村上春樹、多和田葉子の研究者だけではなく、日本中の外国文学の研究者もひそかに、研究対象の国や作家が受賞した場合の原稿を準備する。私も、数年前より、新聞社など数社から、李昂《リー・アン》（り・こう、1952－）の受賞原稿の依頼をいただくようになった。10月初旬の木曜日の夜8時は、Nobel PrizeのYouTubeを、ドキドキしながら視聴している。なぜ李昂が候補の一人と見なされているのか。それは、ノーベル図書館に最も多くの作品が所蔵されている台湾の作家が李昂だからだ（詩人の楊牧《ヤン・ムー》＝よう・ぼく、1940－2020＝が亡くなるまでは）。

その李昂の代表作『夫殺し』（藤井省三訳、宝島社）は、1982年に新聞『聯合報』に掲載されて以来、40年もの間、台湾のフェミニズム小説の最前列にある。家でも電車でも表紙を晒すことを憚られるほどの強烈なタイトルだが、中身はもっと衝撃的だ。

あらすじをみていこう。舞台は1940年代の彰化県鹿港《ルーガン》（ろっこう）、主人公の林市《リン・シー》は、幼いころ父を失い、母と路頭に迷う。飢えた母は行きずりの兵士に二個のおにぎりと引き換えに身を任せてしまう。噂によると、その後、母は一族の恥として川に沈められたという。叔父に引き取られた林市は、年頃になると、わずかな豚肉と引き換えに屠夫に嫁がされる。お腹いっぱい食べられるようになり喜んだのも束の間、夫は林市に強姦のようなセックスを強いては、叫び声に興奮するのだった。だが隣家の老婆に、淫婦とされた母と重ね合わせて、その叫び声を恥として噂話にされていることを知った林市は、傷つき、声を発しなくなる。声を上げない林市に夫は怒り、食事を与えなくなってしまう。食べるために近所に仕事を乞う林市に面子をつぶされた夫は、豚解体業を手伝うように命じた。林市は、初めての豚解体の壮絶さに気を失い、家に運ばれる。精神錯乱したまま、母を供養しようとお供えを準備し始めると、夢の中に、母を手籠めにした兵士、続いて豚の姿が現れ、解体した。だが解体したのは豚ではなく、夫だった。人間の不可解さと哀しさを大胆に緻密に容赦なく書き迫る李昂の筆致に、心えぐられ、度胆を抜かれる。

『夫殺し』は李昂の生まれ故郷である台湾の古都・鹿港を舞台としている。『夫

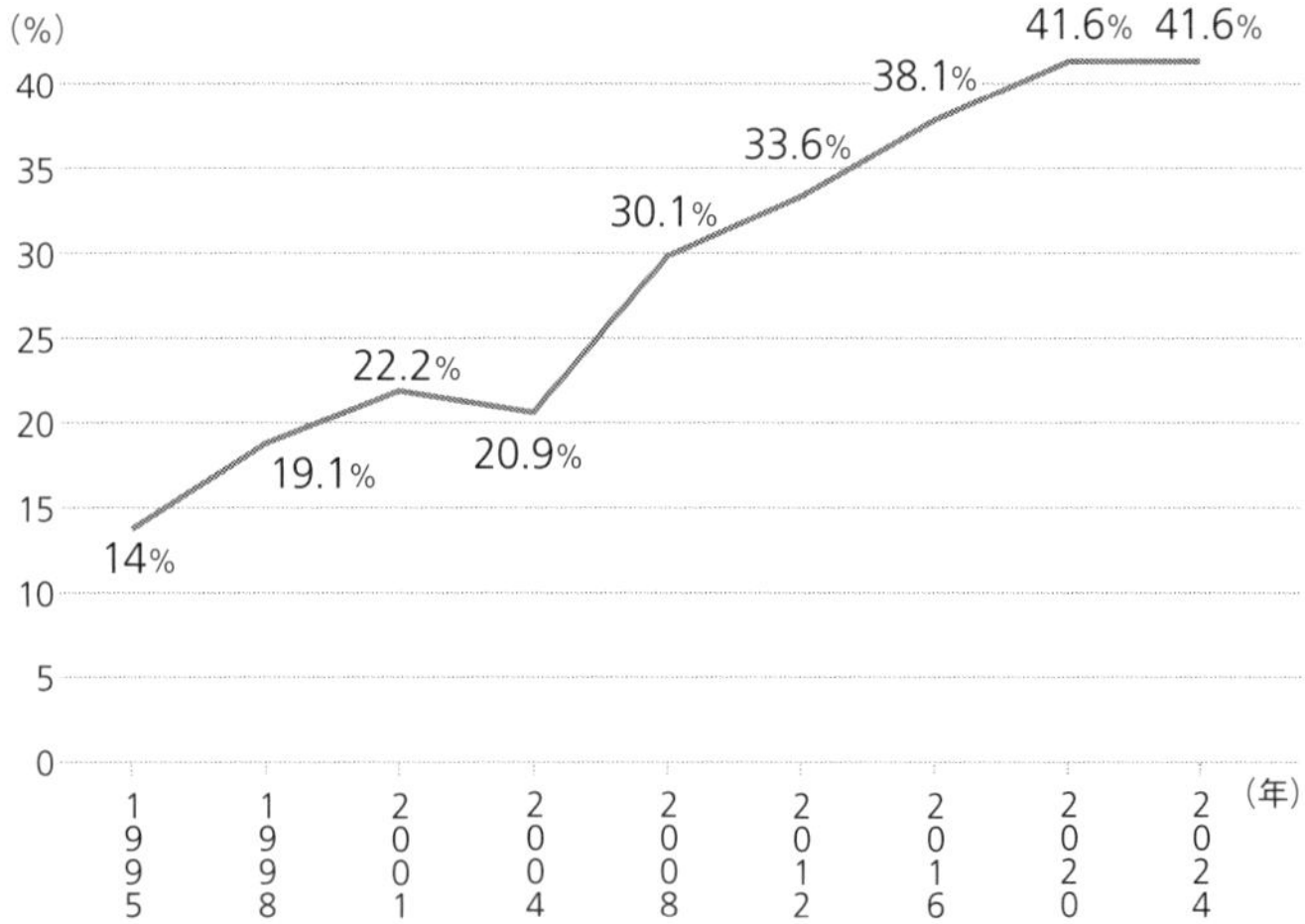

立法委員女性議員比率推移（1995-2024）

殺し』は悲劇だが、古都ゆえ鹿港には幽霊の話が多く伝わるという。そこで育った李昂だけに、ユーモアにあふれる幽霊譚『海峡を渡る幽霊：李昂短篇集』（藤井省三訳、白水社）も合わせてお読みいただきたい。

李昂によると、ドイツの読者から、なぜ『夫殺し』のヒロインは、精神錯乱状態になったうえで夫を殺すのか、なぜその前に虐待に抵抗し意識的に殺人を犯さなかったのか、と質問があったという。[42]ドイツの読者は、もしかしたらかわいそうなアジアの女性の姿とフェミニズム宣言を『夫殺し』に見たかったのかもしれない。

だが、２０２４年11月現在、台湾の立法委員（国会議員）は、男性66人、女性47人[43]、女性議員比率41・６％であり（「立法委員女性議員比率推移（１９９５－２０２４）」参照）[44]、現在の台湾の立法委員の女性比率は、すでに35・１％のドイツを凌駕している。[45]今や台湾の女性たちは、かわいそうなアジアの女性ではない。ちなみに日本の衆議院議員は、男性３９２人、女性73人、女性議員比率は15・７％（２０２４年11月現在）である。[46]１９４６年の衆議院議員選挙での８・４％から、75年以上が経ってもわずか７ポイントしか上昇していない。

台湾の国会議員女性比率はアジアトップだ。この41・６％は、自然な結果ではない。台湾史研究者の洪郁如によると、１９４７年施行の中華民国憲法により、女性にも選挙権が賦与され、国会と地方議会には５～10％の女性議席を保障、さらに民主化が進んだ１９９０年代には、民進党、国民党の二大政党が前後してジェンダー・クオータ制を導入したという。[47]２００５年には、憲法に「各党において、国政選挙における比例代表選挙で獲得した議席のうち、女性の占める割合を50％以下にしてはいけない」と盛り込まれた。

台湾のジェンダー平等の改革について、洪郁如は以下の三つの特徴を挙げている。①ジェンダー平等教育の動きは民間から。②ジェンダー関連の法律制定は、台湾フェミニズム運動の主要な戦略。③労働運動、先住民運動、環境保護運動など各種社会運動の横の連携[48]。

ちなみに戦後台湾のフェミニズム運動の起点は、陳水扁《チェン・シュイビエン》（ちん・すいへん、1950－）総統のもと、副総統を8年務めた呂秀蓮《リュー・シウリエン》（ろ・しゅうれん、1944－）が1974年に出版した『新女性主義（ニュー・フェミニズム）』だとされる。ハーバード大学で法学修士を取得し、帰国した呂秀蓮が掲げたスローガン「まず人であれ。男や女になるのはそれからだ」は、戒厳令下の台湾社会においても注目を集め、雑誌刊行など様々な形式での啓蒙活動を行い、ジェンダー不平等を感じていた多くの女性たちの共感を呼び、彼女たちをフェミニズム運動に参入させた[49]。

当時、大学生だった李昂も、呂秀蓮に心酔した一人だ。李昂の場合、その後、社会運動ではなく、小説を通して女性の社会的不平等を描いていく道を選び、さらに女性の自我を描こうと試みていく。

私たち女性の台湾物語 history から herstory へ――『迷いの園』「眷村の兄弟たちよ」

『夫殺し』が発表された1982年、台湾は戒厳令下にあった。その後、1987年に戒厳令解除を迎え民主化するなかで、政治的タブーはなくなり、言論の自由により創作空間が広がる一方、文学の役割も変わっていく。李昂《リー・アン》は次のように述べている。

戒厳令解除後、文学に問題点が生じてきたこともお話しておきましょう。作家が作品を書こうが書くまいが社会にたいして意味を持たなくなってきたということです。[50]

李昂の戒厳令解除後の第1作は、1990年に新聞『中国時報』に連載された『迷いの園』（櫻庭ゆみ子訳、国書刊行会）だ。台湾の旧家に生まれ、留学経験のある女性朱影紅《ジュー・インホン》（しゅ・えいこう）を主人公に、日清戦争後の日本による植民地支配、第二次大戦後の国民党による強権支配を経て、現在の民主主義社会に至るまでの1世紀の台湾の歴史を背景としている。

『迷いの園』で李昂が挑んだのは、戒厳令下の台湾では、中国の歴史が男性視点で語られるのが王道であった history に対して、台湾の歴史を女性視点 herstory で語るということだった。中国とは異なる台湾の歴史、それはつまり日本による植民地支配も含まれる。

だが、台湾の女性の平均寿命が83・28歳だからといって[51]、1世紀も生きた女性を主人公とするのはあまりに現実離れしている。そこで李昂が採った手法は、「わたしは甲午戦争の末年に生まれました……[52]」と語り始めることだった。これは、1940年代生まれだと思われる主人公の朱影紅が、戦後に小学校に入学し、9歳のときに作文の授業で書いた自己紹介だ。甲午戦争というのは日清戦争のこと、つまり日清戦争の末年というのは1895年で、台湾が日本に割譲された年である。「わたし」朱影紅は、自分の生まれ年と日本による植民地統治開始を誤認して同一視し、中国にはない台湾の歴史を語ろうとしているのである。

さらに主人公の祖先は、「山地人、オランダ人の血統の福建移民の末裔」という設定で、これも中国史にはない台湾の歴史である。戦後、父が白色テロ（23－24頁参照）により逮捕されたトラウマも書き込まれ、戒厳令解除以降に発表した小説だからこそ書ける記述を盛り込んでいる。ある時、父親は、朱影紅を日本語の名前で呼び、こう話すのだった。「綾子、覚えておきなさい、台湾はいかなる場所のコピーでも、いかなる場所のミニチュアでもない、台湾は台湾だ、美しい島だ[53]」。さらに朱影紅は、自家の大庭園について「わたしはこの園林を、台湾のものにしたいの、二千万人の台湾人のものにね。人民を迫害するようないかなる政府のものではなくて[54]」。このように『迷いの園』では、主人公を通して、女性の視点から、台湾の歴史を私たちの歴史として読者に分有しようとする試みが幾つも見受けられる。

自分の歴史記憶が、台湾の歴史や文学に表されていないと思った女性作家は、李昂だけではない。戦後、中国大陸から台湾に渡って来た父を持つ朱天心《ジュー・ティエンシン》（しゅ・てんしん、1958－）もその一人だ。彼女の父親は、軍人作家（国民党軍に所属する軍人の作家）である朱西甯《ジュー・シーニン》、母は台湾生まれの客家人で、川端康成、三島由紀夫、吉本ばななどの翻訳者でも知られる劉慕沙《リウ・ムーシャー》だ。外省人二世の彼女は幼いころ、眷村《けんそん》といわれる軍人村で過ごした。小説「眷村の兄弟たちよ」（孩子王クラス編、藍天文芸出版社）では、眷村で過ごした当時の思い出と、自分たちの記憶がかき消されてしまうことへの危惧を語っている。

中国から渡って来た軍人とその家族の集落として一括りにされがちな眷村も、住民にとっては、中国各省出身の寄せ集めであり、陸軍・海軍・空軍・情報軍など各軍の家族が共同生活を行う異種混淆した空間だった。出身地による食べ物などの生活習慣の違いも記されているが、中国に帰還できずに台湾に暮らし続け、すでに生活基盤となった台湾での違和感、さらに戒厳令解除後、台湾化が進んでいくことによる疎外感も記している。

本省人の男と結婚し、生活の中に時折うまくいかないと感じる人も数としては多い――例えば夫たちはどうして記憶のなかの外省人の男の子みたいに家事を分担してくれないのだろう、きっと日本植民地時代の亭主関白の影響に違いないとか、選挙のたびに、彼女は仕方なく国民党の肩を持って夫と論争し、あやうく家内紛争になるところだったり――そのため時たま、あの日の眷村の男の子たちはどこへ行ってしまったのと寂しく思い出す女の子たち。

（孩子王クラス編『眷村の兄弟たちよ』藍天文芸出版社、82頁）

中華民国の男性視点からの歴史に対抗し、台湾のherstoryを書いた本省人の李昂に対して、朱天心は、中華民国（台湾）が、民主化し、台湾化するなか、忘れ去られそうな眷村の記憶をherstoryとして書き残そうとしている。

ちなみに眷村は、朱天心「眷村の兄弟たちよ」のお蔭かどうかは不明だが、現在、台湾の歴史文化の一部として、保存、活用されている。例えば、台北101の近くの四四南村《スースーナンツン》という眷村跡地は、現在、眷村文化が展示されているスペースや公民館のような住民センターなどが設置され、眷村文化を知る格好の観光地となっている。カフェやMIT（made in Taiwan）グッズ販売スペースも充実しており、台北101撮影の映えスポットとしても人気だ。

また、2010年に台中にある眷村が取り壊されることを知った広東省生まれで退役軍人の黄永阜《ホアン・ヨンフー》（1924－2024）は、突然ペンキで家の壁や道に絵を描くことを思い立ち、一人で大量の壁画を作成した。その結果、その眷村は、彩虹眷村（レインボー・ビレッジ）と呼ばれ、台中の有名な観光スポットとなった。今では年間200万人の観光客が訪れるという。

男性作家は台湾女性をどう描いてきたのか――『シラヤ族の末裔・潘銀花』『客家の女たち』

では、男性作家たちは、台湾の女性をどう描いて来たのか。台湾文学史を最初に書いた葉石濤《イエ・シータオ》（よう・せきとう、1925－2008）の小説『シラヤ族の末裔・潘銀花』（中島利郎訳、研文出版）を見てみよう。

主人公の潘銀花《パン・インホワ》は、台南一帯に住んでいたといわれる先住民族のシラヤ族の末裔で、5人の漢人の男性と関係を持つ。最初の男性・龔英哲《ゴン・インジョー》は良家のお坊ちゃまで、恋仲となり彼の子を身籠るも、求婚が妾を条件としていたこともあり、潘銀花は、家を出て、息子を1人で育てていく道を選ぶ。2人目の王土根《ワン・トゥーゲン》は既婚歴があり連れ子もいた。王土根は米軍の空爆に遭い命を落としたため、潘銀花は息子と王土根の連れ子を育てていく。3人目の朱文煥《ジュー・ウェンホワン》は、二二八事件（38頁参照）から逃れてきた若者で、潘銀花がかくまうものの、朱は連行されてしまった。その後、潘銀花は見知らぬ外省人に犯され妊娠する。その後、外省人の汪書安《ワン・シューアン》と再婚する。

こうして潘銀花は、いずれも漢人で、複雑な台湾近現代史を体現したような5人の男たちと関係を持ち、3人の子どもを育てていく。彼女は、結婚や出産などのライフイベントでは、主体的な選択を行う。男性に頼ることなく、包容力と生命力に満ち、経済的にも商いを営むなど自立しており、シラヤ族の伝統的な母系社会を象徴する女性として描かれている。

では、続いて、客家の女性たちの小説集である『客家の女たち』（国書刊行会）を見てみよう。台湾の新幹線やMRTに乗ると、多言語による車内放送が行われていることに気付く。駅名や乗換案内などのアナウンスは、中国語（北京語・台湾華語）・台湾語（福佬語・閩南語）・客家語・英語の4言語だ。客家語を母語とする客家人は、台湾で2番目に大きなエスニック・グループで、約10％だと言われている。広東省北部と福建省西部などから清代に台湾に移ってきた人たちが多い。

最大グループではないために、客家人の比率は減少傾向にあり、文学創作も、客家語では、ほんの一部しか行われていない。

鍾理和、李喬、彭小妍、呉錦発ほか『客家の女たち』（松浦恒雄監訳、国書刊行会）は、客家の女性たちを主人公とする9つの短編小説が所収されている。いずれも基本的には中国語で書かれた作品だ。

鍾理和《ジョン・リーホー》（しょう・りわ、1915－1960）「貧しい夫婦」（澤井律之訳）は、入院生活を3年送り退院後もなお闘病中で働けない夫の視点から、駆け落ちで結ばれた妻の平妹《ピンメイ》が畑仕事や木材運びなど力仕事で健気に一家の生計を維持しようとする姿を描く。一方、病気で働けない夫は、料理、裁縫、子どもの世話といった主婦業に勤しみ、畑仕事をする妻に熱いお茶を差し入れ、妻の笑顔を見ることを喜びとする。ほのぼのとする微笑ましい小説だ。ちなみに作者の鍾理和は、戦前、タブー視される同姓の女性との結婚を望み、同姓不婚の保守的な客家の家と社会を飛び出して、中国の瀋陽、北京に7年間暮らし、帰国後3年間入院した経験を持つ。[55]

呉錦発《ウー・ジンファー》（1954－）「燈籠花（ハイビスカス）」（渡辺浩平訳）は、母の葬儀で、母との思い出を後悔とともに回想する三男の物語だ。同作も『客家の女たち』に所収されている小説のため、客家の女性が主役だと思って読み進めていたら、この母は北海道生まれだった。母は北海道に滞在していた台湾人の男性（父）に恋をして、駆け落ちしたため、日台の親族から援助を受けられず、台湾の荒れ地を開墾して2人で暮らすことになる。けれども父は先立ち、母は病床に伏す。3人の息子たちは仕事が忙しく、母の面倒を見なかった。母は、客家人の嫁に、「日本のババア」と罵りながら看病され、寂しく亡くなっていったのだった。タイトルの「燈籠花」は、北海道で祖母が母を見送る際に提げていた「燈籠」と、父が母のために家の周りに植えた「燈籠花」を表している。寂しい母の晩年と、真っ赤な燈籠花の思い出との対比があまりに切ない。

　客家料理といえば、菜脯蛋（切り干し大根のオムレツ）が有名だ。鍾鉄民《ジョン・ティエミン》「大根女房」の主人公である大根女房は、客家人が多く暮らす高雄の美濃に暮らしている。数ある縁談を断り選んだのが、美濃ダム反対運動にも関わる馬鹿正直な芋兄さんだった。大根女房は、大根が大好きで、大根の料理もうまく、若いころは大根娘と呼ばれていた。本来なら、芋兄さんと結婚したなら、芋女房と呼ばれるところだが、働き者で、お金を稼ぐのもうまく、一家の中心的な存在だったため、みんなは大根女房と呼び続け、逆に芋兄さんの方が大根兄さんと呼ばれるようになったのだった。だが大根女房は、大好きだった大根作りや農業をやめ、家を出て都市に働きに行ってしまうのだった。

客家の女性たちは、一家の主であり、家を支え、畑仕事と家事一切をこなし、自立していると言われる。小説集には、ステレオタイプの客家女性はもちろん、客家社会の変容する現在を反映してか、様々な女性のキャラクターも登場する。多くの移民を迎え入れた多元化台湾では、もはやエスニック・グループによる特徴を見出すことが無意味なのかもしれない。

台湾映画で描かれる日本のタレントとAV女優

日本では、台湾映画の監督といえば恐らく侯孝賢《ホウ・シアオシエン》（こう・こうけん、1947―）が一番に挙がるだろう。侯孝賢『悲情城市』（1989年）はヴェネツィア国際映画祭で金獅子賞を受賞し、国際的な評価を得た。台湾ニューシネマは今でも多くの人々を魅了して止まない。だが皮肉なことに、写実的芸術性重視の作品が増えた結果、娯楽を求める台湾人観客の期待に応えられず、台湾人が見なくなった台湾映画は低迷し、１９９０代後半から２０００年代にかけて、一時は制作本数が年間15本に落ち込むほど激減したという。

一方、写実的で小人物の視点から歴史の悲哀を描く侯孝賢の作風に刺激を受けた楊力州《ヤン・リージョウ》は、その後、台湾の代表的なドキュメンタリー映画監督になっていく。また、ミャンマー出身の華僑で16歳の時に台湾に進学した趙徳胤《ミディ・ジー》も、侯孝賢監督の撮り方や映画への姿勢に影響を受け、ドキュメンタリー映画監督としての評価も高い。２人の監督は、アジア最初のドキュメンタリー映画祭である山形ドキュメンタリー映画祭でも入賞している。こうした社会の変動を映し出すドキュメンタリー映画の出現は、台湾映画に新たな方向性を与えていくことになる。１９９９年には台湾国際ドキュメンタリー映画祭も開幕した。

では劇映画はというと、敗戦による台湾からの引き揚げを日台の悲恋の物語とした魏徳聖《ウェイ・ドーション》（ぎ・とくせい）の『海角七号』（２００８年）が、回復のきっかけとなった。自らの歴史を、負の歴史であろうとも、エンタメとして語ることで息を吹き返したのだ。一方、2000年代、細々と劇映画の希望の光となっていったのが、桂綸鎂《グイ・ルンメイ》のデビュー作であり、淡い秘密の恋を爽やかに綴った易智言《イー・ジーイエン》『藍色夏恋』（2003年）に始まる青春映画だった。その後も、トム・リン『九月に降る風』（2008年）、ギデンズ・コー『あの頃、君を追いかけた』（2011年）、フランキー・チェン『私の少女時代』（2015年）など続々と青春映画が公開され、多くの観客を集めていった。

これらの青春映画には共通点がある。それは、作品の舞台が1990年代ということだ。1990年代といえば、東アジアにおいて日本のエンタメが大人気だった頃だ。今の韓国のエンタメのように。これら4作品にも、『ドラゴンボール』、『SLUMDUNK』、『non-no』、木村拓哉、内田有紀、酒井法子、飯島愛、小沢まどか、大浦あんな、朝倉舞といった日本大衆文化および日本のタレントが多く現れる。

しかも木村拓哉、飯島愛、内田有紀といった日本のタレントは、単なる時代背景を表すアイテムではなく、登場人物たちの異性愛的な欲望の対象として登場し、登場人物たちが新たな一歩を踏み出すきっかけとして機能しているのが特徴的だ。

日本のタレントのうち、AV女優が半数以上を占めていることは、1990年代の台湾を回顧する上で、いかに日本のAVが鮮烈な思い出であり集団的記憶なのかを物語っている。

2000年に飯島愛『プラトニック・セックス』(小学館)が刊行されると、2か月後には中国語版が台湾で刊行された。翌年の台北国際ブックフェアでは、飯島愛のサインを求めて徹夜組も出たほどで、飯島愛の一挙手一投足がニュース番組で報道され、同時期に台湾に来ていたノーベル文学賞受賞者の高行健《ガオ・シンジエン》(こう・こうけん)への注目がうすれてしまったほどだったという。2008年に亡くなった際には、新聞のトップ一面ニュースとなり、連日報道が続き、「飯島愛」と題した詩も新聞に掲載された。最近まで12月の命日が近くなると飯島愛について報道されていたという。[56]

青春映画ではないが、台湾映画に描かれる日本のアダルトビデオやAV女優を考えるうえで、2005年にベルリン国際映画祭で銀熊賞を受賞した蔡明亮《ツァイ・ミンリアン》の『西瓜』(2005年)の存在も忘れるわけにはいかない。『西瓜』は、AV男優の純愛を描いた物語で、日本のAV女優・夜桜すももがAV女優役で出演している。またAV女優の波多野結衣は、潘志遠《パン・ジーユエン》の『サシミ』(2015年)で、AV女優の役を演じた。両作品ともに男性役は台湾人俳優が演じているのに対し、主なＡＶ女優役は日本の現役ＡＶ女優が演じている。[57]

台湾映画は、李安《アン・リー》『ウェディング・バンケット』以来、性の多様性についても前衛だったはずだ。だが、相反する異性愛強化として機能する役割を担ったのが、台湾人俳優ではなく日本人タレントだったのは、かつてＬＧＢＴＱ＋文化をリードして来た台湾映画としての必然の選択なのだろう。

現代台湾における学園映画は、台湾の１９９０年代および当時の流行の一部としての日本の大衆文化はもちろん現代日本さえも、異性愛に基づいた保守的なジェンダー規範とともにノスタルジックに回顧しているのかもしれない。

衝動的な欲望にまっすぐに生きる現代の女性たち――『愛しいあなた』

李昂《リー・アン》（り・こう）の家父長制との格闘や、朱天心《ジュー・ティエンシン》（しゅ・てんしん）の台湾化への批判に満ちた台湾文学を読んで育った私には眩しすぎるのが、セックス、子ども、パートナー……恋愛や結婚を冷めた視線で見つめながらも、自分の衝動的な欲望にまっすぐに生きる女性たちの短編集『愛しいあなた』（明田川聡士訳、書肆侃侃房）だ。作者の劉梓潔《エッセイ・リウ》は、映画『父の初七日』の原作、脚本家としても知られている。

巻頭の短編小説「愛しいあなた」は、「子どもが欲しい」という一文で始まる。台北、高雄、バリ島を舞台にした、とにかく子どもが欲しい30代の女性の物語だ。子どもが欲しいのは、家のためでも、結婚のためでもない。かつて女性たちを呪った「家」から軽やかに解放され、個として生きる彼女は純粋にただ子どもを授かりたくてセックスしたり、友人の出産や子育てに立ち会ったりしながら、自分なりの生き方に気付いていく。

小説「レーシック」では、実家から離れた台北で学ぶ20代の女子大学院生が、レーシック手術を受けるにあたり、病院の規程で手術後に付き添ってくれる人を探していたところ、男友達から「退役した。いま仕事を探してるところ。台北で面接が数回あるんだけど、泊まらせてくれない？」と連絡を受け、ＯＫする。恋愛感情もなく、性欲もなく、今この時の互いの需要と供給が合致しただけの２人は、同じベッドに横になりただ抱き合う。

台湾では、18歳以上の男子には兵役の義務があり、以前は2年間、２００８年からは１年間、２０１８年は4か月に短縮されたが、２０２４年より再び１年に延長された。台北と台南を舞台に自由に恋愛し続ける40代シングルマザーの物語「プレゼント」には、「あと八カ月だけじゃない。男が兵役に行くよりもうんと短いのよ」と、妊娠を兵役期間と比べるせりふが出てくる。短編小説「失明」では、父親の最も心を許す友が、若かりし頃の兵役時の友人だった。兵役ネタは何度も登場するほど、台湾を生きるうえで忘れられない集団的記憶であり、自由な社会において、未だに自由とは程遠い唯一の足枷なのかもしれない。

21世紀の台湾の女性たちは、家父長制、中華民国、台湾……に抗ったり、自分たちのアイデンティティを主張する必要はもうなくなったのか。結婚からも、社会や家のしがらみからも解放され、個として自分の欲望にまっすぐ、刹那に自由に生きるも、ダイレクトに様々な痛みと責任を引き受け、恋愛にもどこか冷めてしまう都市の女性たちの物語『愛しいあなた』には、他にも、計10篇の等身大の女性を描いた短編が所収されている。台湾の女性たちはこれからどこに向かっていくのだろう。

女性作家の自殺と#MeToo——『房思琪の初恋の楽園』

２０２２年のジェンダー・ギャップ指数（ＧＧＩ）ランキングでは、日本が１１６位（２０２３年は１２５位）であったのに対し、台湾は世界36位[58]、アジアではフィリピンに続く2位だった。未体験な世界なのでわからないが、世界36位の女性たちは、さぞかし幸せに違いないはずだ。だがそんな期待を一瞬にして奈落の底に突き落とすのが、林奕含《リン・イーハン》『房思琪《ファン・スーチー》の初恋の楽園』（泉京鹿訳、白水社）である。『房思琪の初恋の楽園』は、２０１７年の刊行当時、台湾では売切れ書店が続出し、幅広い世代、普段は小説を読まない人たちも買い求め、『房思琪』現象が起こったという。

物語では、台湾の南部・高雄の高級マンションに住む13歳の文学好きな少女・房思琪《ファン・スーチー》が、同じマンションの下の階に住む、憧れの50代の国語教師に作文を見てもらいに行くも、強姦され、数年間も歪な関係から抜け出せなくなる悲劇を描いている。

性に無知な女子中・高校生を肉食する塾講師、その塾講師への淡い恋心と教師の権威につけこまれ性的搾取に苦しむも、周りの大人たちに助けを求めることもかなわず、抱え込み精神を病んでいく房思琪……。

日本にも「高校教師」(1993年)というドラマが昔あった。時代を遡ること100年、中国語圏の文学の世界では、既婚者でありながら、女師大の学生だった許広平《きょ・こうへい》と恋に落ちた魯迅《ルー・シュン》(ろ・じん、1881－1936)、胡蘭成《フー・ランチェン》(こ・らんせい)など教師と生徒の恋愛はもはや伝統なのかもしれない。

『房思琪』の凄みは、少女が塾講師に性的暴行を受け、精神的に壊れていく自分自身の姿を描き出すことを以て台湾の社会的な歪みを告発しているところだ。ジェンダー意識について、日本よりも何歩も先進的な台湾だと思っていたが、学歴至上社会の病巣として、塾が隠れ蓑になっていたとは。

2017年は、奇しくも世界的な #MeToo 元年でもあった。本小説は、作家自らが「実話をもとにした小説」と記したために、実体験ではないかと大騒ぎになった。刊行2か月後、林奕含は自殺した。26歳だった。

Netflixからの#MeToo

台湾で制作されたドラマ「WAVE MAKERS～選挙の人々～」は、２０２３年４月末にNetflixで配信された、台湾総統選挙の舞台裏を描いた社会派エンタメだ。２０２４年１月投票の次期総統選挙を控え、総統選挙で沸き立つこのタイミングでの配信だけに、台湾関係のＳＮＳはこのドラマの話題で沸騰し、蔡英文《ツァイ・インウェン》総統（当時）もFacebookで言及したほどだった。

物語の中心は、候補者ではなく、架空の政党である公正党の広報部スタッフたちだ。立法委員（国会議員）の父を持つ翁文方《ウォン・ウエンファン》は市議会議員に立候補するも落選し、公正党広報部の副主任を務め、選挙運動に尽力している。ある日彼女は、部下の女性スタッフからセクハラの被害を受けていると打ち明けられた。相手は同僚の男性で、事件が公になれば、党にとっては不利になる可能性があるものの、翁文方は見過ごすことができなかった。本作では、表向きはジェンダー平等を牽引するような党内においても、権力を背景とした性的搾取に苦しむ女性が存在すること、また、彼女を支える女性たちの連帯も描かれている。

配信1か月後、ハラスメントの告発は、フィクション（Netflix）から現実世界へと飛び火する。5月31日、与党・民進党の元婦女部職員が職場で受けたセクハラ被害および主任に訴えるも適切な対応がなされなかったとFacebookで告発。6月2日には民進党元青年部職員の女性がFacebookで同僚からのセクハラ行為を当時の主任に隠蔽されたと告発した。

それを受け、当時、民進党党主席で、総統選挙に出馬予定の頼清徳《ライ・チンドー》（らい・せいとく）副総統は、謝罪するとともに、専門窓口の設置やセクハラを容認しないなど党則の改正を打ち出し、是正に取り組む方針を示した。だが、#MeTooは収まらず、[59]その後国民党でもハラスメントの告発が相次いだこともあり、一時は、次期総統選挙の世論調査で、民進党でも国民党でもない第三勢力の民衆党の柯文哲《コー・ウェンジョー》（か・ぶんてつ）が支持率トップになったほど、[60]与党など政党への失意が表され、総統選挙にも影響を与えるほど社会的問題となった。

その後、#MeTooと声を上げる動きは、政界のみならず、大学教員など教育界、芸能界へと瞬く間に広がっていき、実名告発により、政治家や大学教員、芸能人が謝罪、時には辞職した場合もあった。

身近なＳＮＳを通しての告発は、有名人にとどまらず、高校時代の先生、先輩など一般人にまで及んでいく。２０２３年8月15日現在、２７４人が告発されており、誰もがアクセスできる Googledrive のスプレッドシートに一覧が列挙されている。[61]

アジアでは、ジェンダー平等の先頭を走っているように見えた台湾ですら、上司／部下、教師／生徒、監督／俳優 or スタッフといった権力関係の中で、未だ多くのハラスメントが起こり、声を上げられない状況が続いていたことに驚愕した。こうした職場内、学校内など密室でのハラスメントが、ＳＮＳを通した告発という形で社会の膿を出すきっかけとなったのがドラマというフィクションであったことは、台湾のフィクションと現実との近さを改めて浮き彫りにした。同時に、フィクションが現実社会に影響を与えていくあり方は、李昂が変わってしまったと失望した、文学（フィクション）と社会の関係が、決してなくなってはいなかったことも示唆している。

Facebook で毎日のように誰かが告発されていた２０２３年6月中旬、私は、下北沢の Shelter に、台湾のロック・バンド滅火器 Fire EX. のライブを友人と見に行った。ボーカルのSamは、MCで、最近の台湾#MeTooについても言及し、「最近の台湾は毎日辛いニュースばかりだけど優しい社会になるための必要な時間だと思っている」と述べた後、「この島の夜明け（島嶼天光）」を歌い始めた。

第3章

文学は社会を動かし、その瞬間をアーカイブし続けてきた

台湾文学といいえない時代の郷土文学――「さよなら・再見」、「りんごの味」

「台湾文学」という名称が公的に使われ始めたのは、1990年代になってからのことだ。台湾の高校国語の教科書に台湾文学が初めて所収されたのは、初の総統直接選挙が行われ、李登輝が当選した1996年だった。[62]高校国語の学習指導要領に、台湾文学という語が初めて登場したのは、2005年のことだという。[63]戦後の台湾においては、高校国語は、長きにわたって、台湾ではなく、中華民族教育のためだったからである。

大学には、中国文学系（学系とは学科や学部を指す）はあっても、台湾文学系は長らくなかった。台湾初の台湾文学系が設置されたのは1997年のことだ。国立大学ではなく、私立の淡水学院（現在の真理大学）だった。大学院は、2000年に国立成功大学で初めて設置された。国家台湾文学館（現：国立台湾文学館）が創設されたのは2003年、21世紀になってからのことだ。

ちなみに現在の国立台湾大学中国文学系には専任教員が51人在籍しているのに対し、[64]台湾文学研究所（大学院のみ。学部教育を担う台湾文学系はない）には専任教員が7人しか在籍していない。[65] 台湾の大学においては、未だに中国文学が台湾文学より圧倒的に強いといえる。

戦後の台湾の文学を、10年毎に強引に単純化して特徴づけるとするなら、1950年代は、国共内戦で共産党に敗北した国民党が、大陸反攻を目標としていたため、戦闘文学、反共文学が中心の時代だった。[66]

1960年代は、戦後教育を受けた台湾の青年たちは、古典文学以外の中国の文学をほぼ禁止され（共産党NGなので）、日本統治期の文学を継承することもできず（日本NGなので）、代わりに、中国古典文学を近代的に解釈しながら、USIS（米軍文化情報局）を介して大量に紹介された欧米の文学の影響を受け、自分たちのアイデンティティクライシスや喪失感を表現していったモダニズム文学が主流となっていく。[67] 政治的な反共文学と芸術至上のモダニズム文学は相いれないように見えるが、いずれも台湾の現実社会を書かないという点では一致していた。

1970年代は、台湾の現実を文学に表す郷土文学が生まれ、後の台湾文学へと継承されていった。なぜ、1970年代に台湾の現実を書こうとする機運が高まっていったのかと言うと、台湾が国際情勢の激変に直面したことも大きな要因の一つだ。

1970年、尖閣諸島問題により衝突、1971年、中華人民共和国が国連に加盟し、中華民国は国連を脱退した。1972年、アメリカ大統領ニクソン訪中。同年、日本が中華人民共和国と国交樹立、中華民国と断交した。1975年、蔣介石死去。1979年、アメリカが中華人民共和国と国交樹立、中華民国と断交、年末には、台湾民主運動の分水嶺とされる美麗島事件（詳しくは44頁参照）が起こった。

これらは、ほぼ台湾しか実効支配していない中華民国の虚構性を浮き彫りにし、中華民国の存在を揺るがすと同時に、台湾という土地を認識する契機ともなっていく。文学界においても、自分たちが暮らす台湾という土地、目の前の現実を以て自分たちの物語を書こうとする作家が現れ始めた。こうした台湾の現実を描いた文学は郷土文学と呼ばれる。

本章の冒頭で、台湾文学という呼称が公的に使われ始めたのは1990年代以降だと述べたが、台湾文学という言葉自体は1980年代から使われている。

一方、郷土文学という言葉は、台湾のみならず様々な国で使われ、それぞれ固有の背景を持つが、史上初めて台湾文学史を書いた葉石濤《イエ・シータオ》（よう・せきとう）は、1977年に起こった台湾の文学をめぐる論争である郷土文学論争において、台湾郷土文学について、以下のように述べている。

言うまでもなく、いわゆる台湾郷土文学とは、台湾人の書いた文学である……（中略）……台湾の郷土文学は「台湾を中心に据えて」書かれた作品でなければならない。言い換えれば、それは台湾の立場に立って、全世界を透視する作品である。[68]

さらに、葉石濤は、台湾文学と郷土文学との関係について、「八〇年代に入るや、郷土文学の名称はすでに破棄され、台湾文学に改められ、多元的な斬新な様相を現した」[69]と記している。つまり、郷土文学は、台湾文学といえない時代に、台湾文学を掲げる前段階として登場したのだ。

黄春明《ホアン・チュンミン》（こう・しゅんめい）は、1935年、宜蘭《イーラン》（ぎらん）生まれ、郷土文学の代表的な作家の一人だ。黄春明の作品には台湾の現実を生きる名もなき人びとの悲哀と人間としての尊厳を描いた作品が多い。児童文学者である彼は、厳しい現実を易しい言葉で読みやすくユーモアも込めながら語る名ストーリーテラーでもある。ここでは、台湾でベストセラーとなり、日本で翻訳出版された台湾の文学の中で、恐らく最初に重版になった『さよなら・再見』（田中宏訳、めこん）を紹介したい。

当時の時代背景を簡単に説明すると、台湾では、1960年代から1970年代にかけて、外貨獲得と同盟維持を目的としてベトナム駐留米軍のR&R（rest and relaxation）プログラムの受け入れを、政府も積極的に行い、観光業も盛んになっていく。

米軍帰国後、日本からの買春観光が急増する。『さよなら・再見』が刊行された1974年は、日華（台）断交2年後にあたる。さらに2年後の1976年の訪台日本人は、交通部観光局の資料（96頁のグラフ「訪台日本人数推移（男女別1965－2023）」）によると、男：41万人、女：3・5万人、男女差は10倍に

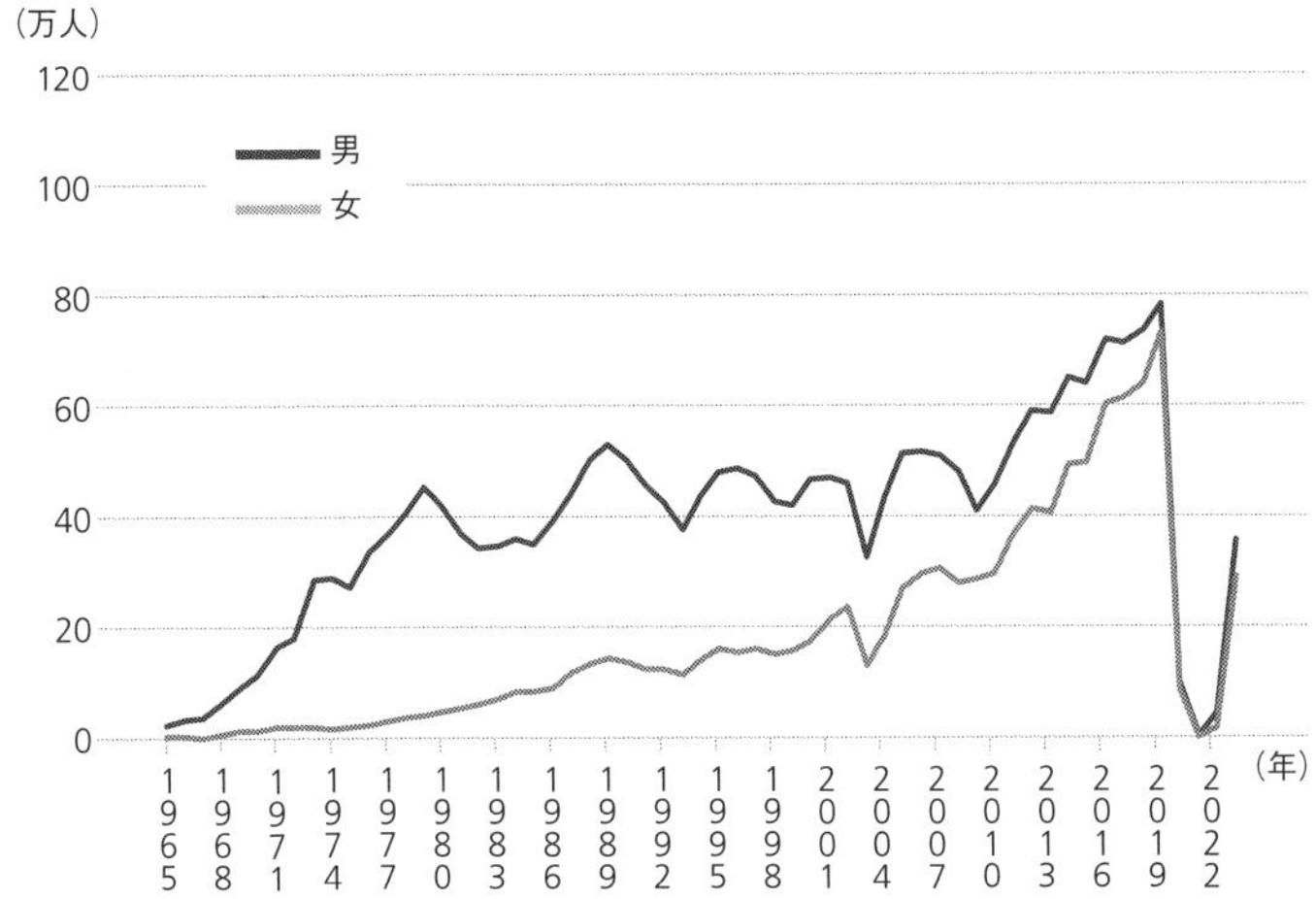

訪台日本人数（男女別、1965-2022）

もなる。男女差が２倍以下になったのは、渡辺満里奈が『満里奈の旅ぶくれ―たわわ台湾』（新潮社、２０００年）を出版して、台湾観光局のＣＭに出演した１年後の２００２年のことだ。ちなみに２０１９年には、男：１１２万人、女：１０５万人とほぼ同数となる。[70]

　以下、『さよなら・再見』のあらすじを紹介したい。主人公の台湾人青年・黄は社長からの命令で、日本の取引会社の７人を、接待で、買春のために礁溪《ジャオシー》温泉に案内するように頼まれる。一行は、電車で移動中に日本へ留学予定の台湾の学生に出会う。黄は、日本のおじさんたちの通訳に嫌気がさし、一つのアイディアを思いつく。その学生と日本人7人とが互いの言語を解さないのをいいことに、両者を嘘の通訳で仲介し、黄が本当に言いたかったこと、日本が何をしてきたのか、戦争や植民地、戦後の経済侵略について日本人に自ら気付かせるというものだ。小説の最後で、日本のおじさんたちは素直に過ちを認め、最後の場面では、学生は「さよなら」と日本語で別れを告げ、日本のおじさんは「再見」と中国語で別れの挨拶を交わして物語は終わる。

日本で『さよなら・再見』が刊行された翌年の1980年『アジアと女性解放』、に黄春明は、以下のような文章を寄せている。

黄春明です。日本人の買春観光に反対している良心的な皆様にごあいさつ申し上げます。私は台湾人同胞女性が春をひさぐことに対して、本当に悲しい思いをしております。……（中略）……売春宿から出て来る日本人の男性の態度や行動はかつての日本軍と同じように見えます。戦前は軍事侵略、植民地収奪、戦後は経済侵略と変わらない日本人の姿をきわめて残念に思います。[71]……（後略）……

その後、経済侵略については、日本と同様に、台湾、中国も行っていくことになるが、当時、このような戦争加害、植民地犯罪と戦後の経済侵略への怒りを、小説では、アイロニーを込めて批判しながらも、完膚なきまでにこき下ろさず、易しい言葉でユーモアを以て物語に昇華させる黄春明の文学観と表現力の深遠さに感服する。

黄春明の作品は、『黄春明選集 溺死した老猫』（西田勝訳、法政大学出版局）など邦訳が多数ある。1960年代を舞台として貧しい家庭を助けるためにピエロの姿をしてサンドイッチマンとなった父親の悲哀を描いた「坊やの人形」（垂水千恵訳、『鹿港からきた男』所収）、駐留米軍の車に轢かれた貧しい台湾人労働者が家族とともに賠償として手厚い待遇を受ける「りんごの味」（福田桂二訳、『さよなら・再見』所収）は、映画化もされた。台湾ニューシネマ作品として今も多くの人に鑑賞され続けている。

表現の自由がないからこそ文学として書き留める——「山道」

陳映真《チェン・インジェン》（ちん・えいしん）、この名に複雑な気持ちを抱く台湾文学者もいるかもしれない。陳映真は、１９３７年に新竹で生まれ、戦後、魯迅の「阿Q正傳」を読み、中国共産党に憧れ（戦後初期、台湾の知識人たちが、二二八事件の衝撃と挫折による国民党への失望から共産主義を信奉することは珍しくない）、生涯にわたって、中国の自由と統一を夢見続けた。２００６年には中国に渡り、２０１０年、中国作家協会の台湾籍初の会員兼名誉副主席となり（非中国籍では、香港の作家で、武侠小説を代表する作家である金庸《ジン・ヨン》（きん・よう）に次ぎ2人目）、２０１６年に中国で亡くなった珍しい経歴を持つ。台湾の作家の思想は一様ではない。故に台湾文学の多様性が担保されているともいえる。

　だが、後にいかなる思想を抱こうとも、戒厳令期に国民党の強権政治に反対の立場であった点は、多くの台湾の作家と通ずる。陳映真は、１９６８年、「マルクス・レーニン主義・共産主義、魯迅など左翼の書籍、及び共産党宣言などを読む読書グループを組織した」罪により逮捕され、政治犯として緑島などに送られるも、蔣介石が亡くなった1975年に特赦で釈放され故郷にもどる。[72]

1983年、陳映真は、1950年代の白色テロに翻弄された家族を描いた小説「山道」（岡崎郁子訳、研文出版）を発表し、『中国時報』小説推薦賞を受賞した。『山道』のあらすじは以下の通りだ。初老の蔡千恵は衰弱のために入院し、亡くなる。千恵の尽力により会計士となった義弟の李国木は、なぜ兄・李国坤の妻・千恵が突然衰弱したのか原因を図りかねていたものの、心当たりはあった。千恵の様子がおかしくなったのは、叛乱罪で30数年の刑期を終えた黄貞柏が仮釈放をされた新聞記事を見てからだった。なぜ喜ぶべき釈放のニュースが生きる気力を失わせたのか。次第に千恵の衰弱の原因が明らかにされていく。30年前（1950年代）、黄貞柏、李国坤、千恵の兄らは共産党革命に命を懸けていた。千恵は実は黄貞柏の婚約者で、李国坤にも淡い恋心を抱いていたのだった。ある時、千恵は、両親が兄に仲間を売れば助かると助言したことを知る。その結果、李国坤は処刑され、黄貞柏は終身刑となった。贖罪意識から千恵は、李国坤の妻であると偽り、炭鉱夫の父、病弱な母、幼い弟がいる李国坤の貧しい家に尽くそうと決めたのだった。千恵の尽力もあり、李国坤の弟は立派に育ち、何不自由のない生活が送れるようになった。だが、30年後、黄貞柏の釈放のニュースを知った時、千恵は、いつのまにか黄貞柏や国坤の革命の夢を忘れ、贅沢な生活に慣れ堕落してしまっていた自分に気付き、生きる気力を失ったのだという。

赤狩り、白色テロ期における政治犯の悲惨な運命を描くとともに、女性の壮絶な死と一途な献身を以て共産主義へのロマンティックな思いを表した本作品は、戒厳令下の台湾において発表できるぎりぎりの表現だったのだろう。

映画がこの暗黒の歴史を明確に描くのは、１９８７年の戒厳令解除後、１９９２年の刑法１００条の改正を以て、政治犯が逮捕される可能性がなくなってからのことになる。萬仁《ワン・レン》の映画『スーパーシチズン　超級大国民』（１９９５年）は、１９５０年代の白色テロ下、政治的な読書会への参加を理由に逮捕・投獄された学生・許毅生《コー・ゲーシン》が、友人陳政一《タン・チンイ》の名を警察に明かしたために陳が死刑に処せられたと信じ、30年後、釈放された後も、自由を謳歌するどころか罪悪感に苛まれ続け、陳の墓を探し求め、謝罪のため旅に出る物語だ。

現在の台湾は、アジアで唯一の国家を冠した国家人権博物館（２０１８年開館）を有し、積極的に人権推進に力を入れている。だが、１９４７年から１９９２年の間、当時の政府は、共産党員や社会主義者の摘発の名の下に、無関係な人までも巻き込み、多くの市民が国家暴力によって逮捕または殺害された。この間、政治犯に仕立て上げられた人は数万におよび、数千人もの人々が処刑されたという。[73]

二二八事件を誰が書くのか

台湾には、二二八国家紀念館、台北二二八紀念館、嘉義市二二八紀念館の少なくとも3つの二二八事件の記念館がある。2月28日は、和平紀念日とされ、1997年より国民の休日となっている。これほどまでに二二八事件は台湾人にとって、忘れられない、忘れてはならない事件だ。

二二八事件は、1947年2月27日に台北市で闇タバコ売りの取り締まりを巡る民衆と国民政府の官憲の衝突を契機として起こった国家による民衆の大虐殺事件だ。台北市が暴動状態となった後、政府への抗議活動は台湾全土に拡大、これを蔣介石は軍を派遣し徹底的に鎮圧、1万8000〜2万8000人が犠牲になったと言われている。国民党政権による長期的な白色テロ、民衆弾圧・虐殺の引き金となった。二二八記念碑は、1989年に嘉義に建てられたのち、基隆、台北、桃園、新竹、雲林、宜蘭、花蓮、台中、阿里山、台南、高雄、屏東など北から南まで全国29か所に建てられている。[74] 台湾全土に及んだ二二八事件の被害の規模の大きさが窺い知れる。

二二八事件を描いた映画といえば、ヴェネツィア国際映画祭で金獅子賞を受賞した侯孝賢《ホウ・シャオシエン》（こう・こうけん）『悲情城市』（1989年）がよく知られる。戒厳令解除後とはいえ、本作は、政治的リスクを回避するために、台湾からではなく、東京の現像所で、ポストプロダクションを行い、[75] 東京から直接ヴェネツィア国際映画祭に出品されたという。[76] 二二八事件を描くことはこれほどまでにリスキーだった。

この年、文学においても、二二八事件小説集が刊行され、二二八は台湾文学の大切な主題の一つとなっていく。だが、1970年代までは書きたくても書けなかった。

実は、事件直後はいくつかの作品が残されている。明田川聡士によると、二二八事件を書いた最初の小説は、福建省出身で、2年間台湾に滞在した後に中国に帰った夢周《モン・ジョウ》の短編小説「創傷」（1947年『中華日報』）、本省人の作家の作品としては、日本語で創作された呉濁流『夜明け前の台湾』（1947年）、『ポツダム科長』（1948年）、また葉石濤「三月的媽祖」（1949年、『台湾新生報』に中国語訳掲載）があり、歴史事件の告発のみならず、日本の植民地支配から脱し、「祖国」としての中国に対する過大な期待と失望が強く投影されているという。[77]

その後、1979年の美麗島事件（詳しくは44頁参照）が起こるまで、二二八事件を書くことはほぼ不可能だった。唯一、書いたのは、台湾人でアイデンティティ問題を著した先駆者の呉濁流《ウー・ジュオリウ》（ご・だくりゅう、1900－1976）だ。植民統治下の台湾人が生きた矛盾と苦悩を克明に書き、戦後に日本語で発表された、台湾文学の古典的名作『アジアの孤児』（岩波書店）の作者であり、1964年に『台湾文芸』という雑誌を創刊することで、戦前の台湾生まれの作家たちの発表の場を確保し続けた伝説の作家である。

呉濁流は、二二八事件についても書いた自伝的小説『無花果《いちじく》』を1968年に文芸雑誌『台湾文芸』に発表、70年には単行本出版するも、71年には発禁処分を受け、72年に日本で出版した。[78]

『無花果』の物語は、全13の章から成る。各章は「祖父から抗日の物語を聞く」から始まり、「日本人と台湾人の対立する教育界で」「食糧もとぼしく八・一五を迎える」などへ続く。主人公が生き抜いてきた台湾近代史の生き証人としての半生が語られ、「二・二八事件とその前後」で終わる。二二八事件についても詳しく書かれており、同書は、当時の貴重な記録でもある。起こった背景について呉濁流は以下のように書いている。

本島人の知識階級は、光復《こうふく》のあかつきに日本時代よりも偉くなれると思っていたが、ほとんどの人が登用されなかった。運よく政府機関に入っても、閑職で幹部どころか課長さえ難しかった。これでは、せっかく光復しても期待はずれで、相変わらず植民地と同様な気分でなんとなくつまらなく感ずるようになった（202頁）……（中略）……物価は上がる、治安は日々に悪くなる。公共物が破壊され、学校のガラスや製糖会社の鉄道のレールをはずして持っていくものさえ出てきた……（中略）……米は一日に二回も三回も上がった。一説では奸商が米を買いだめしたからという。いずれにしろ米が急に欠乏して買いにくくなった。市民は囂囂《ごうごう》として非難し、市民代表が陳情したりしてさわいでいた。社会がこういう雰囲気になっているところへ、突然大きな事件が起こった。

（呉濁流『夜明け前の台湾―植民地からの告発』社会思想社、２０４－２０５頁）

植民地からの解放、祖国復帰への期待が失望へと変わり、一触即発だったところに二二八事件が起こった。「本能的に自衛する必要があると感じて、期せずして青年がいっせいに起き上が[79]」り、治安にあたった偶発的で突発的な事件だったと主人公の古志宏は分析する。

次に二二八事件を書いた小説が発表されたのは、美麗島事件（詳しくは44頁参照）３年後の１９８２年のことだ。李喬《リー・チアオ》（り・きょう）の短編小説、その名も「小説」（松永正義訳、『台湾現代小説選III　三本足の馬』所収、研文出版）である。李喬は、美麗島事件といった民主化運動に接したことが成長につながり、生命が持つ意義を捉え、文学の核心を突くことになったと述べたうえで次のように続ける。

台湾の作家は黒か白か、正義か不義かを明らかにしてはっきりとさせる必要があるのです。もし作家が未だに「政治の外にはずれている」ことを望むのであれば、それは恥ずべきことです。文学に政治がなければ偽物であり、特に現在の台湾の作家にとってはそうなのです。[80]

李喬はその後も「密告者」（下村作次郎訳、JICC出版局＝現・宝島社）、『埋冤一九四七埋冤』などの作品においても二二八事件を書いている。その他、日本語で読める作品としては、宋沢莱「腐乱」（三木直大訳、『鹿港からきた男』所収、国書刊行会）、鍾肇政『怒濤』（澤井律之訳、研文出版）などがある。

なお1980年代以前に書かれたもっとも読みやすい二二八事件を描いた小説は、台湾で刊行されたものではなく、1954年に日本で刊行された邱永漢《チウ・ヨンハン》（きゅう・えいかん、1924－2012）『濁水渓《だくすいけい》』であろう。邱永漢は台南の出身で、1943年に東京帝国大学経済学部に入学、45年に台湾に帰るも、二二八事件に遭遇、台湾独立運動に協力し、国連事務総長あてに台湾人自決の国民投票実施の請願書を起草、[81]48年に香港に亡命し、54年に日本に移住した。

二二八事件では本省人のエリート層の被害が大きかった。実際、邱永漢の台北高校の同級生である王育徳《おう・いくとく》（1924－1985）の兄で、東京帝国大学法科卒業後、日本初の台湾人検事として京都地方裁判所に勤務したこともある王育霖《おう・いくりん》（1919－1947）も二二八事件により逮捕、処刑され、遺体は現在も見つかっていない。

『濁水渓』は、中国人でも日本人でもない台湾人の不条理を描いた自伝的小説で、日本人から台湾を解放して民族自決を果たしたいと願う台湾青年の理想と挫折が描かれている。主人公は、理想を抱いて台湾に帰国するものの、大陸から渡って来た同胞の無能、横暴ぶりに幻滅して政治的理想を捨て、香港に亡命する。そのきっかけとなった二二八事件を『濁水渓』は以下のように書いている。

国民党の横暴がしだいに目にあまってきた。以前植民地であったとはいえ、一度は二十世紀の空気を吸ったことのある台湾の民衆はこの封建的搾取に我慢がならなくなった。明治二十八年、李鴻章《りこうしょう》が台湾を割譲した時は「台湾民主国」をつくって日本軍に反抗しつつ、腐敗した清国軍を追討ちにしたことのある台湾民衆である。国民党との衝突はいまや時機の問題に過ぎなかった。

終戦の翌々年、一九四七年二月二十八日。

……（中略）……

この事件では台湾民報社長、台湾大学文学院長、科学振興会長、省参議員などをはじめ全島の有力者が虐殺されたが、武力をもって陳儀の軍隊に反抗した青年で銃殺されたものは、五千人以上にのぼるといわれる。

……（中略）……

台湾人を徹底的な手段で鎮圧しろと厳命したのは、日本に対して「以恩報怨」（原文ママ）の宣言を行った蔣介石自身であるという情報を私は信ずべき筋からきいていた。台湾人の力で台湾を育てていこうとする努力はすべて彼の鉄蹄の下に蹂躙されてしまった。

……（中略）……

私が新しく購入した捷安丸は五十トンの百二十馬力。全速で走ると、十二ノットくらいは出る。その船に乗って、私は香港へ出る計画を立てている。

もう私には国家もない。民族もない。私は永遠に地球をさまようユダヤ人になるのだ。

（邱永漢『香港・濁水渓増補版』中央公論新社、262－277頁）。

そして、邱永漢は香港に亡命する。香港への亡命までを書いた『濁水渓』は1954年直木賞候補に、続いて邱永漢は、香港亡命後を小説『香港』に著し、翌年に発表、第34回直木賞を受賞し、最初の外国人直木賞作家となった。

その後は、文学作品の発表は次第に減り、1959年に『金銭読本』、1961年に『投資家読本』など蓄財に関する実用的評論や株投資の指南書を多く発表、実業家、経済評論家、経営コンサルタントとして活躍し、「金儲けの神様」とも称された。文学界からは白眼視されていったものの、国を頼ることができない、波乱万丈の人生で、お金の大切さを痛感していた邱永漢ならではの選択は、かつて直木賞候補作「濁水渓」で宣言した「ユダヤ人」になるとの決意を実践したのかもしれない。

その後、1995年2月28日、台北の新公園（現在の二二八紀念公園）の二二八紀念碑除幕において、李登輝総統が、政府を代表して政治犠牲者及び全国民に謝罪したことにより、次なるフェーズへと進み、真相究明、被害者や遺族への補償も進められていく。

21世紀になっても二二八事件は忘れられていない。二二八事件を文学作品に表していったのは、経験していない若い世代の作家だった。

柯宗明《コー・ゾンミン》『陳澄波《ちんとうは》を探して—消された台湾画家の謎』（栖来ひかり訳、岩波書店）は、二二八事件で処刑されたがために、戦後の台湾ではタブーとなり、台湾美術史から抹消されていた台湾の画家・陳澄波《ちん・とうは》（１８９５－１９４７）の作品をめぐる歴史ミステリーである。

１９８４年、戒厳令下の台北で、売れない若い画家・阿政のもとに風景画の修復依頼が舞い込んだ。だが作者名は明かされない。阿政が、恋人で新聞記者の方燕と調査に乗り出すと、長い間歴史から抹消されていた画家・陳澄波の存在が浮かび上がってきた。１９２６年には台湾人初の帝展に入選した陳澄波は、１９２９年、東京美術学校卒業後、なぜ台湾に戻らず上海に渡ったのか。１９４７年のあの日、なぜ国民党軍との交渉に空港に向かったのか……、二二八事件自体がタブーだった戒厳令下の台湾社会において、二人は陳澄波の謎を解き明かしながら、台湾の歴史を目撃することになる。

ほかにも、甘耀明《ガン・ヤオミン》『鬼殺し』（白水紀子訳、白水社）、徐嘉澤《シュー・ジアゾー》『次の夜明けに』（三須祐介訳、書肆侃侃房）においても二二八事件は登場し続けている。

今の台湾社会がどのように創り上げられてきたのか、そこに至るまでの歴史と人々の記憶を語るその起点として二二八事件は描き続けられた。

名前を奪われ続けた先住民たち（先住民正名運動）――「僕らの名前を返せ」

台湾の人口は2339万9654人（2023年8月現在[82]）、うち先住民は58万7482人（2023年8月現在[83]）、全体の2・5％である。現在、政府に、アミ、タイヤル、パイワン、ブヌン、プユマ、ルカイ、ツォウ、サイシャット、ヤミ／タオ、サオ、クヴァラン、タロコ、サキザヤ、セデック、サアロア、カナカナブの16族が認定されている。最も多いのはアミの約22万人、少ないのはカナカナブの約400人だ。

先住民は、漢人が台湾に来る遥か数千年前から台湾島全土と蘭嶼《らんしょ》島に暮らしてきた。先住民たちの言語は、中国語とは文法的にもまったく異なるオーストロネシア語系（マダガスカル語やマオリ語なども）に属する。

例えば、日本語、中国語、台湾語、アミ語（オーストロネシア語系）を文法的に比較してみたい。日本語「私はあなたを愛しています」は、主語→目的語→動詞の順である。この中国語訳「我愛你《ウオアイニー》」は、主語→動詞→目的語の順になる。台湾語訳「我愛汝《グアアイリー》」も、中国語と同じく主語→動詞→目的語の順である。アミ語訳「maolahay kako tisowanan」は、動詞→主語→目的語の順となり、日本語はもちろん中国語や台湾語とも文法的にもまったく異なる。

日本語では、「先住民」あるいは「先住民族」と呼ぶが、凡例にも示したように、台湾の中華民国憲法での正式な表記は「原住民」、「原住民族」である。中国語で「先住民」と表記すると「既に滅んでしまった民族」という意味が生じるためだ。

「台湾原住民文学」について、下村作次郎は以下のように述べている。

一言でいうと、台湾原住民文学は一九八〇年代の台湾の民主化のなかから生まれてきた新しい文学であり、原住民族が自ら表現者として自分たちの世界を描いた文学だといえよう。[84]

下村によれば、これまでは、先住民族は文字を持たないため、口承によって文学や歴史を伝えてきた。先住民族は、固有の言語、文化を（ほとんど）消失した漢人化したグループと、現在も固有の言語、文化を保持しているグループに大きく分けられる。漢人化した人たちは清朝統治期には「熟番」、日本統治期には「平埔族」と呼ばれた。先住民族の文化を保持している人たちは、清朝統治期には「生番」、日本統治期には「蕃人《ばんじん》」と呼ばれていたが、後に「高砂族」と改名した。[85]太平洋戦争には「高砂義勇隊」として多くの若者が動員され命を落とした。戦後、国民党統治期には「山地同胞」と呼ばれることになる。[86]

こうした統治者により名が変わる状況を、パイワンのモーナノンは、「僕らの名前を返せ」（訳：下村作次郎）という詩に表した。

「生番」から「山地同胞」へと

僕らの名前は
台湾の片隅に置き去りにされてきた
山地から平地へ
僕らの運命は、ああ、僕らの運命は
ただ人類学の調査報告書のなかでだけ
丁重な取りあつかいと同情を受けてきた
（中略）
どうか真っ先に僕らの名前と尊厳を返してください

（モーナノン「僕らの名前を返せ」、下村作次郎訳、草風館）

名前、土地、文化、尊厳を奪われ続けた先住民たちは、１９８０年代、台湾の民主化運動や世界的な先住民運動に呼応し、権利促進運動を行っていく。１９８４年には、先住民族による最大の市民運動団体「台湾原住民権利促進会」が発足、モーナノンも立ち上げメンバーの一人であり、「僕らの名前を返せ」もこうした運動から生まれたものだ。「台湾原住民権利促進会」は、１９８８年に

「台湾原住民族権利宣言」（全17条）を発表し、正しい名称の使用、自決権の獲得、土地返還、自治の実現などを要求した。その後、1994年に憲法が改正され、先住民自らが選んだ「原住民」という呼称が公式となった。1997年には「原住民族」と憲法に修正が加えられた。

2005年、土地や民族自治を含む広範な権利の保障を謳う「原住民族基本法」が成立した。2016年8月には、蔡英文総統（当時）が先住民族に対し過去400年の苦難と不平等について政府を代表して謝罪し、「原住民歴史的正義・移行期正義委員会」を発足させた。[87]

先住民文学は、下村作次郎や魚住悦子の尽力により、『台湾原住民文学選』（草風館）全10巻をはじめ、リムイ・アキ『懐郷』（魚住悦子訳、田畑書店）、ワリス・ノカン『都市残酷』（下村作次郎訳、田畑書店）、シャマン・ラポガン『大海に生きる夢――大海浮夢』（下村作次郎訳、草風館）など多くの作品が日本語訳で刊行されている。

作家と読者が寝食を共にする文学キャンプがなぜ台湾で興り、盛んなのか

２００４−２００５年、私は台湾大学に交換留学生として滞在した。当時、様々な文学イベントに参加し、本や雑誌のバックナンバーを読んで、驚き、違和感を覚えたのは、台湾文学はなぜこんなにも熱いのか、なぜ政治とこんなにも緊密な関係にあるのだろうということだった。

２００４年、国立台湾大学に台湾文学研究所が創設された。創設されたばかりの台湾文学研究所で、私は約20名のクラスメートたちと、国立台湾大学中文系の人気教授で当時は台湾文学研究所にも在籍されていた梅家玲《メイ・ジャーリン》先生の授業を受けた。受講者の中には、楊佳嫻《ヤン・ジャーシエン》（詩人・作家・国立清華大学教員）、馬翊翰《マー・イーハン》（詩人・文芸雑誌『幼獅文藝』編集長を務めた後、国立台北芸術大学教員）、陳允元《チェン・ユンユエン》（詩人・国立台北教育大学教員）など、現在、詩人や作家、文学研究者として活躍している人も多い。

授業は演習形式だったため、受講生には2回の発表の機会があった。私は、李昂について修士論文で書いたので、1度目は、台湾の小説について発表した。けれども、中国語が下手で、知識も乏しく読解も浅い外国人の発表を聞かされるみ

んなは、明らかにつまらなそうで、私も自分の未熟さに落ち込んだ。2回目は、文芸欄など文学生産メディアの日台比較について発表した。この時、同じメンバーかと思うほど、みんなが真剣に聞いてくれたことは、大いに励みになった。そして、台湾文学はなぜ熱いのか、なぜ政治とこんなにも緊密なのか、現地で生まれ育った研究者には当たり前だからこそ気付けない、文学を取り巻く空気のようなものを読み解き、比較文化的に分析し可視化することは、外国人の私にもできる、もしかしたら私にしかできない研究であるかもしれないと閃いた。

作家・詩人を目指していたクラスメートたちに協力してもらい、創作活動を始めた動機についてアンケート調査を行ったところ、「文学キャンプへの参加」という回答がかなり多くあった。ところで、文学キャンプって何？　当時、私は、文学キャンプなんて聞いたことがなかった。作家とは、村上春樹のように表舞台に出ることはなく、謎であれば謎であるほどよいと思い込んでいた。文学創作とは、インドアで個人的な営みだと信じていたし、作家とは陰キャだと私の偏見だが、思っていた。だから、初めて文学キャンプと聞いた時、とても驚いたし興奮した。なぜなら、台湾には、日本とは正反対で、文学がアウトドアで集団的な営みとしても存在していたからだ。

文学キャンプとは何か。まずそれを知るために、台湾の文芸雑誌『文訊』のバックナンバー、新聞のバックナンバー、過去の文学キャンプのハンドブック、救国団（中国青年反共救国団の略称。１９５２年、蔣介石が、反共復国の国策の下、青年への政治思想工作のために設立した青年組織。初代主任は蔣経国。現在は、教育、サービスを中心とした公益社団法人となり、名も中国青年救国団に改名した）の倉庫に眠っていた資料などを調べ尽くした。

当時、国立清華大学の院生で、台湾語の語学交換相手だった呂美親《リー・ビーチン》（台湾語詩人・国立台湾師範大学教員）にも文学キャンプについて質問したところ、そんなに興味があるなら実際に参加してみたらと誘ってくれた。私は集団行動が嫌いなのでかなり迷ったが、せっかくの機会なので勇気を振り絞って、台湾南西部を拠点とする塩分地帯文芸営（営はキャンプの意味）にボランティアとして参加した。

ほかにも、２００５年から２００６年にかけて、国家台湾文学館と文芸雑誌『ＩＮＫ　印刻文学生活誌』の主催による参加者が６００人にも及んだ国家台湾文学営や、文芸雑誌『聯合文学』主催の最も参加者が多い時には１２３４人も参加したという全国巡迴文芸営、さらに高校生を対象とした頼和高中生台湾文学営にも参加した。

文学キャンプには、各文芸雑誌お抱えの有名な作家が講師としてたくさん参加する。これまで本でしか知らなかった作家がどんな方なのか、作家に会える最高の機会だった。また講義の中では、作家の卵たちがたくさん参加していることを考慮してか、作家になったきっかけについて必ず言及していた。例えば作家の季季（1944－）は、聯考（台湾の大学入学共通テスト）と文学キャンプの日が重なり、文学キャンプへの参加を選んだことが作家への登竜門になったという。台湾の作家になる方法に興味があり、台湾文学ミーハーの私にとっては、忘れ得ぬ経験となった。博士論文の資料集めとして、作家、編集者、文学キャンプ主催者、参加者を取材したり、アンケート調査も実現でき、私にとっては、大豊作の文学キャンプだった。

身体を張った取材によりわかったことは、2005年の文学キャンプは、ファン感謝祭イベントに過ぎず、参加者にとっては作家や編集者や文学友達との出逢いの場ではあるが、作家養成の機能はないということだった。けれども、こうした出逢いが文学や作家の誕生に深くかかわっていることも明らかになった。

ちなみに、台湾文学にもし季節があるとしたらそれは夏に違いない。なぜなら文学キャンプは夏に多く開かれるから。夏は、新しい作家たちが出版の機会に出会える、台湾文学が生まれる季節なのである。

もう一つわかったことは、文学キャンプは、中国青年反共救国団が1955年に、エリートを対象とした反共産党教育のために始めた多くのキャンプのうちの一つだということである。そして、当時の文学キャンプは「反共」作家育成を表向きには掲げ、1か月にわたって開催し、作家や詩人である講師が少人数単位で参加者を懇切丁寧に創作指導するなど作家養成機能があった。

その救国団が1955年に反共政策の一環として始めた戦闘文芸営は、国民党が中国大陸への反攻を諦め、台湾の中国化へと国策を変更した後も、復興文芸営として開催され続けた。興味深いことに、四半世紀後の1979年、郷土文学の作家たちは、国民党とは真逆のイデオロギーを持ちながらも、文学キャンプという形式はそのまま踏襲し、後に「台湾文学」を導くことになる塩分地帯文芸営を創設した。その後も、新聞社、文芸雑誌社、基金会など各団体が様々なイデオロギーや目的を持ちつつも、文学キャンプという形式を踏襲し続ける。そして、民主化し、「台湾文学」という言葉が使われるようになった四半世紀後の２００４年には、全国台湾文学営という台湾のあらゆるイデオロギーを包摂する文学キャンプが開催された。

つまり、文学キャンプは、反共政治覇権から台湾文化覇権活動へとその質を変えながらも、連綿と続き、多くの作家を育成し、様々な文学を生み出すきっかけとなり続けてきた。文学キャンプが政治活動としても台湾文学に与えた影響も少なくないはずだ。

文学キャンプや文芸雑誌など台湾の文学場の力学については、拙著『台湾文学と文学キャンプ――読者と作家のインタラクティブな創造空間』（東方書店）をお読みいただきたい。

けれども文学キャンプについて一つ解決できなかった問題がある。それは台湾の文学キャンプとアイオワ大学の国際創作プログラム（The International Writing Program、ＩＷＰ）との関係だ。ポール・エングルと聶華苓《ニエ・ホワリン》（１９２５－２０２４）夫妻が１９６７年に創設したアイオワ大学のＩＷＰは、世界各国から作家（小説家、詩人、脚本家、劇作家）たちが集まり、10週間をともに過ごす。日本からも、中上健次、島田雅彦、中島京子など多くの作家が参加している。その前身は、ポール・エングルが１９４２年に始めたアイオワ大学作家工作室である。ただの創作教室なら世界中にあるだろう。しかし、作家たちを招いてともに滞在し交流する形式をとったのは１９６７年のＩＷＰ創設以降のことだ。

作家たちが10週間もともに暮らすというＩＷＰの発想はまさに台湾の文学キャンプそのものではないか。そこで、私は一つの仮説を立てた。救国団主催の文学キャンプの講師も務めたことのある聶華苓が、台湾の文学キャンプの形式やアイディアをアイオワ大学に持ち込んだに違いない。もしかしたら中国の武漢に生まれ、１９４９年、24歳の時に、国民党とともに台湾に移住した聶華苓は（聶華苓の半生については、聶華苓『三生三世—中国・台湾・アメリカに生きて』島田順子訳、藤原書店に詳しい）、政治的に交流が難しい状況にあった中華人民共和国と台湾の作家たちを交流させたくてＩＷＰという場を創ったのではないかと。[88]

つまり、ＩＷＰの前身は二つある。一つは、アイオワ大学の作家工作室、もう一つは台湾の文学キャンプなのではないか。そこで、私は、当時（２００５年7月

6日)、アメリカ在住の聶華苓に、救国団の文学キャンプとIWPとの関係について、電話インタビューを敢行した。「先生が創設されたIWPのプログラムのアイディアは、もしかして救国団でしょうか?」、その質問を聞いた途端、これまでご機嫌だった聶華苓は、「救国団とは関係ない! アイオワは世界のものだ」とお怒りになって電話を切った。関係があったとの証言はいただけなかったため、論文には書かなかったが、あまりのお怒りぶりに、私は本当のことを訊いてしまったんだと直感した。

311の教訓は台湾で生き続ける(反原発運動)——『グラウンド・ゼロ 台湾第四原発事故』

死者1万5900人、行方不明者2523人、東日本大震災が起こった2011年3月11日は、私たちにとって忘れることができない日だ。同時に、311は、台湾に対して二つの意味で忘れてはならない日となった。一つは、200億円以上の篤い支援が台湾から届いたこと、もう一つは、台湾では、環境保護団体などが、3月11日前後に、毎年、大規模な反原発デモを行うようになったことである。原発か反原発か、この議論は今も続いており、蔡英文政権下で2016年に、2025年までに原発ゼロの社会とすることを法律条文として明文化したものの、2018年、国民投票で条文の廃止を求める案件が成立するなど、原発をめぐる駆け引きは今も続いている。[89]

　台湾で反原発運動が盛り上がった原因は、他でもない福島第一原子力発電所事故がきっかけである。小説という形で反原発問題に介入し牽引したのが伊格言《イー・ゴーイエン》『グラウンド・ゼロ　台湾第四原発事故』（倉本知明訳、白水社）だ。

　物語は、台湾第四原発事故（北台湾原発事故）により放射能汚染に侵され立入禁止区域となった北台湾で、台湾第四原発のエンジニアだった林群浩《リン・チュンハオ》が特定災害失踪者の一人として発見されたニュースで始まる。北台湾原発事故処理により英雄となった次期総統候補の秘密を握ってしまった林群浩はどうなるのか——。物語の時間軸は三つ。①台湾第四原発メルトダウンまで　②台湾第四原発メルトダウン後&総統選挙まで　③止まった時間。

　福島第一原子力発電所事故というリアルは、小説というフィクションを以て、原発事故によって起こり得るかもしれない未来のディストピアを創り出し、2016年に、台湾では、原発停止というリアルへと繋がった。

倉本知明は「訳者あとがき」に以下のように書いている。

> 一昔前まで、台湾では「日本にできてなぜ我々にできない（いやできるはずだ）」といった論調があらゆる分野で唱えられてきた。しかしいま、日本側がどう思っているかは別にして、先行ランナーの後塵を拝しているのは間違いなく日本の方だ。同性結婚の議論にしても脱原発の議論にしても……[90]。

倉本の言葉は、正に日本のリアルを私たちに突き付ける。

ひまわり学生運動3日目にSNSに大御所詩人が投稿した詩「今夜、彼らのために祈ってください」

戦後の台湾社会において、二二八事件（詳しくは38頁参照）、戒厳令施行、戒厳令解除、美麗島事件（詳しくは44頁参照）、野百合学生運動（詳しくは32－33頁参照）などメルクマールといえる事件は多くあるが、最も直近の事件といえば、ひまわり学生運動だろう。ひまわり学生運動は、国民党の馬英九政権下、中国とのサービス貿易協定の批准、および30秒で強行採決した審議過程に反対した若者たちが、２０１４年３月18日から４月10日に渡って、立法院（国会）を占拠した事件だ。この運動には、反原発を担う団体を含め、さまざまな社会運動団体、学生団体および一般市民も参加し、立法院の外でも演説や市民討議会を行いながらの座り込みが実行された。この要因について、環境問題、社会運動の研究者である陳威志《ダン・ウイジ》は、以下のように指摘している。

> 有識者が訴えてきた特定の産業への打撃、若者の雇用減少、自由貿易自体への疑問などもあったが、共通して根底にあったのは市場の一体化による中国政府の言論自由や政治への介入のため台湾のデモクラシーが侵食され、いままでどおりの暮らしができなくなるという懸念だったといえよう。

50万人（主催者発表）デモが平和的に開催され、また立法院長の調停で、占拠活動が終了した。協定の批准はされないまま、今日に至った。[91]

当時、私は、台湾の学生たちの立法院占拠について報じた日本のニュースで、友人が立法院内で指揮を執っていることに気付いた。かつて文学キャンプで一緒にボランティアをしたWだった。すぐにMessengerで「私に何かできることはない？」と連絡したところ、日本での報道を送ってほしいと返信が来た。私は毎日各紙の報道を整理して送り届けた。かつてのクラスメートで現在大学教員になった友人Cにも、「あなたの学生も立法院にいるの？」メッセージを送った。彼からは「自分ができることは、とりあえず授業の出席を取らないことだ」と返事が来た。

当時、戒厳令下での民主化運動や野百合学生運動（詳しくは32－33頁参照）に参加した経験を持つおとなたちには二つの思いが去来したという。一つは、プレッシャーに弱くひ弱であり、押すとつぶれるイチゴ族と揶揄されてきた、民主化運動未経験の若者たちが行動を起こしたことへのエール。もう一つは、戒厳令下のような警察による暴力的な弾圧から若者たちを守らなければという責任と切実な願いだった。

立法院が占拠されて2日後の3月20日の夜、詩人であり大学教員でもある向陽《シャンヤン》は詩「今夜、彼らのために祈ってください」をFacebookに投稿した。以下に、一部を日本語に訳して紹介する。

今夜、彼らのために祈ってください。
彼らは若い子どもたちです。
私たちの愛する息子や娘たちです。
……（中略）……
彼らの吶喊《とっかん》は、響き渡る夜明けの鐘です。
彼らは夜の闇を打ち破り、黎明を告げます。
彼らは私たちの希望の世代であり、
台湾の未来です！

向陽は、当時、この詩を作成し、SNSに投稿した時の心境について、学生たちをどうか暴徒として扱わないでほしいと願い、権力の横暴に比べれば詩の威力は小さいけれども、詩で表現した前世代の懸念と不安は、国家機構への警告となるはずだと述べている。[92] 本詩は、SNSで拡散されたほか、『自由時報』などのマスメディアにも転載され、大きな反響を呼んだ。

88頁で紹介したバンド滅火器 Fire EX「この島の夜明け」も、ひまわり学生運動の際に作られた曲である。

本書では、私の力不足で、台湾では現代詩がアクチュアルなものとして非常に盛んであるにもかかわらず、現代詩をほとんど紹介できなかった。幸い日本でも多くの詩集が翻訳出版されている。特に「台湾現代詩人シリーズ」は、台湾文学研究者の三木直大が中心となり、2006年以降、台湾文学関係のシリーズものでは最多の16巻が、思潮社より刊行されている。

ひまわり学生運動は、芥川賞作家の李琴峰《り・ことみ》『ポラリスが降り注ぐ夜』(筑摩書房)にも登場する。

新宿二丁目にあるレズビアン系バー「ポラリス」を舞台に、国籍もバックボーンもセクシュアリティも多様な7人の「女性」たちの七つの物語が深く連関し合いながら展開する『ポラリスが降り注ぐ夜』に所収されている二つ目の物語「太陽花たちの旅」は、ひまわり学生運動が舞台だ。

ひまわり学生運動に向き合い、ぶつかり、「あの運動で、色んなものが変わっ」（ちくま文庫、50頁）て東京にやってきた怡君《イージュン》の眼を通して、物資班、医療班、警備班、情報班、翻訳班、清掃班、法律サポート班など秩序が保たれていた立法院の様子や、学生たちの当時の心の動き、衝突、葛藤などが臨場感にあふれ、子細に描写されている。

「太陽花たちの旅」は、ひまわり学生運動が、人生を決定的に変えてしまった「女性」の物語であると同時に、あの立法院のなかで何が行われ、学生たちがどんな気持ちで闘っていたのか、その記録でもある。

『ポラリスが降り注ぐ夜』におけるひまわり学生運動は、邱永漢『濁流渓』の二二八事件のように海外である日本にいたから書けた物語ではない。むしろあまり政治を書かない、政治に向き合わない日本文学に対しての警鐘なのかもしれない。

移行期正義の表現——台湾の現代史がまるごとわかる『台湾の少年』

游珮芸《ゆうはいうん》作、周見信《しゅうけんしん》絵『台湾の少年』（倉本知明訳、岩波書店）は、台湾の現代史に翻弄されるも、力強く優しく生き抜いた蔡焜霖《ツァイ・クンリン》（さい・こんりん、1930－2023）の激動の人生を文章と絵で描いたグラフィック・ノベルだ。『台湾の少年1——統治時代生まれ』『台湾の少年2——収容所島の十年』『台湾の少年3——戒厳令下の編集者』『台湾の少年4——民主化の時代へ』（倉本知明訳、岩波書店）の4冊から成る同書は、蔡焜霖の半生記であり、約100年におよぶ台湾の現代史の記録でもある。

日本統治期に生まれた蔡焜霖は、白色テロ（詳しくは23－24頁参照）下の1950年、かつて読書会に参加し、反政府組織に参加してビラを配ったという濡れ衣により逮捕された。懲役10年の刑により、1951年5月に太平洋に浮かぶ離島である緑島に移送され、収容所で獄中生活を送ることになった。出所後は元政治犯として差別や監視に遭いながらも、広告や出版業界でも奮闘し、漫画雑誌『王子』を創刊するなど台湾のサブカルチャーにも大きな影響を与えていく。

晩年は、白色テロ事件の名誉回復促進会の活動、国家人権博物館のガイドなど、若い人たちに白色テロの恐怖と人権の尊さを伝えるボランティアに捧げた。この国家人権博物館は、蔡英文政権2年目の2017年、移行期正義促進条例（移行期正義とは、過去の国家による人権弾圧の真相を明らかにし、和解を目指す取り組み）の施行翌年に開館した博物館で、白色テロ景美紀念園区（台湾北部）と、白色テロ緑島紀念園区（台東の離島）の二か所に位置する。このうち白色テロ緑島紀念園区は、蔡焜霖がかつて政治犯として収監されていた施設だ。

『台湾の少年4─民主化の時代』には、蔡焜霖が緑島に送られてから71年後の2018年5月17日に挙行された国家人権博物館白色テロ緑島紀念園区の開館式の場面も描かれている。政治犯とされた人たちとその家族、当時の蔡英文総統、陳菊《チェン・ジュー》秘書長、鄭麗君《ジョン・リージュン》文化大臣らが参列し、蔡焜霖がかつて収監された被害者代表として挨拶を述べる場面の描写の後、同書は、移行期正義促進委員会により、白色テロ期に判決の取り消しが告示され、蔡焜霖ら6000名近い政治被害者たちが罪名から解放されたことが記され終わる。

2021年春、台湾と日本の相互理解促進に寄与したことなどが評価され、日本政府より旭日双光章を受章した蔡焜霖は、2023年に生涯を閉じたが、『台湾の少年』ではもちろん、ロックバンド拍謝少年（Sorry Youth）のMV「時代看顧正義的人」にも登場し、ひき続き、白色テロの恐怖と人権の尊さを伝え続けている。

2017年の移行期正義条例以降、若い世代に白色テロなどの負の歴史を伝えようと、漫画、音楽、映画、ゲームなど様々なアート作品が生まれている。『台湾の少年』の創意に満ちた挑戦も、こうした移行期正義の台湾社会の動きと無関係ではない。

また徐漢強《ジョン・スー》の映画『返校　言葉が消えた日』（2019年）は、戦後、国民党による恐怖政治が行われた白色テロ期の言論弾圧をホラーとして体感させるダーク・ミステリーだ。ちなみに原作はゲームだった。舞台は戒厳令下の1962年。女子高生の方芮欣《ファン・レイシン》が教室で目を覚ますと誰もいない。廃墟となった校内で後輩の男子学生と出会い、2人は恐怖を追体験しながら真相を追っていく。当時、2人の教師と生徒たちが秘密読書会を開いた。だが密告によりメンバーたちは逮捕され、ほとんどが処刑されたのだった。密告者は誰か……。

作家の李喬《リー・チャオ》（り・きょう）は、戒厳令解除の翌年、「文学に政治がなければ偽物であり、特に現在の台湾の作家にとってはそうなのです」と述べた。自分たちの社会とは何か、自分たちとは何者なのか、アーティストたちは、現在を表現し続けるために過去にも向き合い、創意に満ちた挑戦を続けている。

第4章
日本統治期が台湾文学にもたらしたもの

なぜ台湾語の表記が確立できなかったのか

「日本文学は何語で書かれているのか?」これは愚問であろう。なぜなら、日本文学が日本語で書かれていることを疑う者はほぼいないからだ(話し言葉としては、アイヌ語やウチナーヤマトグチなどもあるが)。一方、「台湾文学は何語で書かれているのか?」この問いに1分で答えるのは難しい。なぜなら台湾文学=台湾語という図式は成立せず、台湾の言語状況は複雑だからだ。

例えば、MRT(地下鉄)が台北101駅に到着した場合[93]、車内放送では、中国語(北京語・台湾華語)「タイベイ イーリンイー」→英語「Taipei one o one」→台湾語(福佬語・閩南語)「タイパッ イッコンイッ」→客家語「トイペイ イッランイ」の順に流れる。

台湾語とは、福建省南部由来の言語のことを指し、中国語とは異なる言語だ。17世紀以降、台湾で最も多いのが台湾語を母語とする人たちだ(客家語話者もいる)。日本統治期の日本語、国民党統治期の中国語といった「国語」による教育や社会を経て、台湾語は、話し言葉としては現在も台湾社会で使われているものの（むしろ選挙の際には積極的に台湾語が使われる）、多くの台湾人は、台湾語を書くことができない。つまり話し言葉＝書き言葉ではない（一部で使われていた教会ローマ字を除いて）。現状では、台湾語は、Google翻訳にもない。書き言葉としては、中国語の圧勝で、現在の台湾文学は、戦後に「国語」とされた中国語でほぼ書かれている。

「ほぼ」中国語としたのは、最近では、話し言葉が多言語である現状を表現するために、作中の会話文などを台湾語、客家語、先住民諸語で書いた作品（呉明益、甘耀明、シャマン・ラポガンなど）も増えてきたからである。例えば、以下は、呉明益『歩道橋の魔術師（天橋上的魔術師）』（夏目出版、2011年）の冒頭の抜粋である。

——我媽常說「生理囝歹生」，這是她對我的隱藏式評價，小小的遺憾。但這樣的遺憾並不存在我十歲以前，因為十歲以前，據說我是很會做生意的。

（母さんはよく、「稼いでくる子供ってのは、なかなかいねえなぁ」と、ぼくに言った。つまり暗にぼくを非難していたのであり、さらにいくばくかの嘆きが含まれていた。もっとも、この嘆きを聞くようになったのは十歳を過

ぎてからで、それまでのぼくはなかなか商売が上手かったらしい）

（呉明益『歩道橋の魔術師』天野健太郎訳、白水社）

台湾語の翻訳については、次章で詳説するが、カギかっこ内の母親の会話「生意囝歹生」のみ台湾語であり、地の文は中国語で書かれている。

１００％台湾語での創作も、一部では長年にわたり試みられている。例えば、台湾語で創作された詩・散文・小説を掲載する雑誌『台文通訊ＢＯＮＧ報』（１９９１年創刊の『台文通訊』と１９９６年創刊の《台文ＢＯＮＧ報》が２０１２年に合併）や『海翁台語文學』（２００１年創刊、月刊）も刊行されている。

書き言葉としての台湾語が定着しなかった理由に文字表記規範化の問題がある。例えば、１９８０年代の民主化以降、①すべて漢字表記、②漢字＋ローマ字表記、③すべてローマ字表記といった論争（文字規範化論争）が繰り広げられた。なぜこうした台湾語の文字表記に関する論争があったのかというと、台湾語には対応する漢字が存在しない、あるいは不明確な語彙が一定数存在するからだ。このような語は日常的、基礎的な語彙に多く、15〜20％を占めるとも言われる。[94]

なお、こうした台湾語の文字表記規範化の問題は、教育現場では改善が試みられている。例えば、教育部（日本の文部科学省に相当）は、2001年より郷土言語教育を進めている。2006年に「台湾閩南語羅馬字拼音方案（台湾閩南語ローマ字発音記号規則）」、2008年には「台湾閩南語羅馬字拼音方案使用手冊（台湾閩南語ローマ字発音 記号規則利用手引き）」、2011年には「台湾閩南語常用詞辞典」を発表した。さらに教育部は、2019年に、オンライン台湾語辞典「教育部台湾台語常用詞辞典」（https://sutian.moe.edu.tw/zh-hant/）を公開した。これらには強制力はないものの、学校教科書の発音記号と文字表記の標準化に寄与し、教育現場においては、規範性が現れるようになった。[95]

例えば、142頁写真の台湾語詩「我隨意，你儘量（私は好きにするから、あなたはベストを尽くして）」（王昭華作）は、台湾語の高校用教材『高級中等學校本土語文（閩南語文）』（2022年）の編集も務めている呂美親《リー・ビーチン》編の『台語現代散文選』（2024年、前衛）に掲載された最も新しい台湾語詩の一部抜粋である。『台語現代散文選』掲載の台湾語詩は、すべて最新の教育部の規範化を反映した表記になっている。

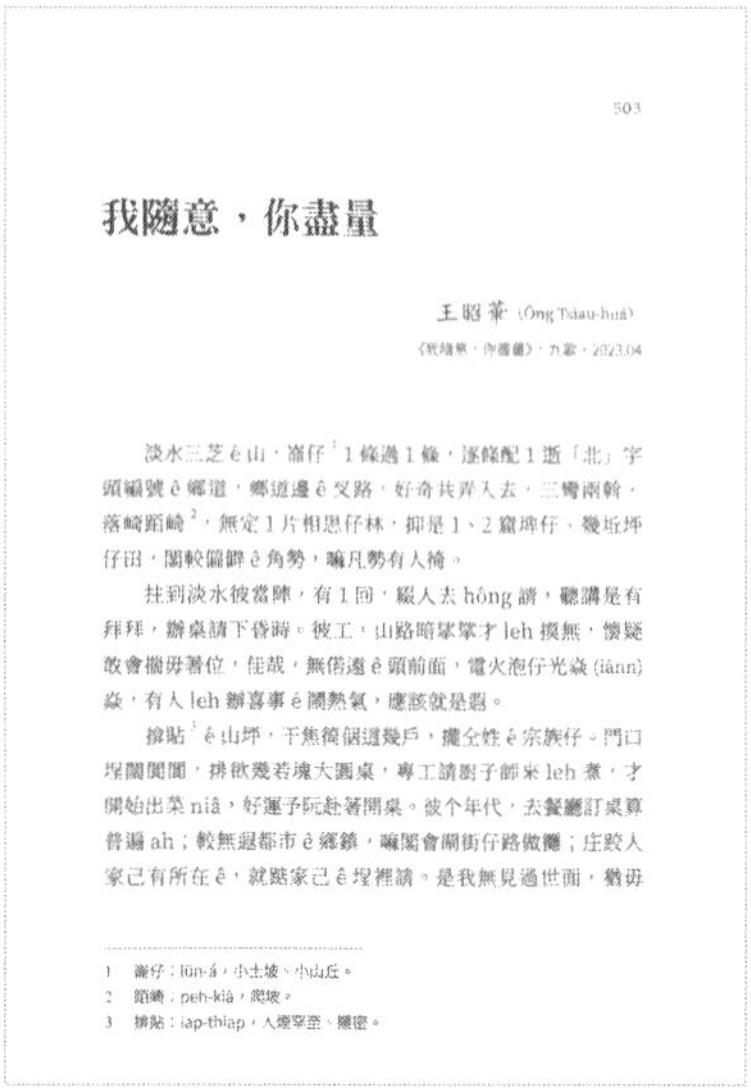
503

我隨意，你盡量

王昭華（Ông Tsiau-huâ）

《我隨意，你盡量》，九歌，2023.04

淡水三芝 ê 山，崙仔[1] 1 條過 1 條，逐條配 1 逝「北」字頭編號 ê 鄉道，鄉道邊 ê 叉路，好奇共弄入去，三彎兩斡，落崎蹈崎[2]，無定 1 片相思仔林，抑是 1、2 窟埤仔、幾坵坪仔田，閣較偏僻 ê 角勢，嘛凡勢有人徛。

拄到淡水彼當陣，有 1 回，綴人去 hông 請，聽講是有拜拜，辦桌請下昏時。彼工，山路暗摸摸才 leh 摸無，懷疑敢會攏毋著位，佳哉，無偌遠 ê 頭前面，電火泡仔光焱（iānn）焱，有人 leh 辦喜事 ê 鬧熱氣，應該就是遮。

揜貼[3] ê 山坪，干焦徛個遮幾戶，攏仝姓 ê 宗族仔。門口埕闊閬閬，排欲幾若塊大圓桌，專工請廚子師來 leh 煮，才開始出菜 niâ，好運予阮赴著開桌。彼个年代，去餐廳訂桌算普遍 ah；較無褪都市 ê 鄉鎮，嘛閣會鬧街仔路做攤；庄跤人家己有所在 ê，就踮家己 ê 埕裡請。是我無見過世面，斷毋

1　崙仔：lūn-á，小土坡、小山丘。
2　蹈崎：peh-kiā，爬坡。
3　揜貼：iap-thiap，入瓣窄歪、隱密。

規範化された表記で書かれた台湾語の散文

漢字で表記できる場合は漢字で記しているものの、連体助詞「の」は、漢字がないため「ê」と記している。つまり冒頭の「淡水三芝ê山」とは、「淡水三芝の山」という意味になる。

歴史にもしもがあるとしたら、21世紀になるまで、台湾語の文字表記の規範化が確立できなかった要因は、中国語と日本語の二つの「国語」による教育と圧倒的権威にある。つまり、責任の一端は日本語、帝国日本、日本統治期にもある。

というのも、文字規範化論争に遡ること60年以上前、今よりも多くの人が台湾語を話していた1920年代に、

台湾語で文学を書くことを試みた白話文運動が行われていたにもかかわらず、帝国日本による日本語の「国語」政策によってその試みはほぼ消滅してしまったからだ。

台湾に新文学運動の兆しが認められるようになったのは、１９２２年以降のことだという。[96]中国の「文学革命」を台湾に紹介するという形でもたらされた。中国では、１９１７年、胡適《フー・シー》（こ・てき、１８９１－１９６２）が『新青年』に「文学改良芻議」を発表し、旧来の文語文（漢文）を廃止し、中国語の白話文（口語文）による文学表現を確立しようと主張した。こうした中国での白話文運動は、まず、東京の台湾人留学生組織「台湾青年会」の雑誌『台湾青年』第４巻第１号（１９２２年１月）で紹介されたものの、日本語での表記だったため台湾にはほぼ伝わらず、『台湾』第４巻第１号と第２号（１９２３年１月、２月）の漢文欄で紹介されたことによりようやく台湾に届いたという。[97]

実際、台湾の抗日民族運動機関である台湾文化協会（１９２１年創立）は、１９２４年、白話文の推進を重点事業の一つに連ねた。『台湾民報』（１９２３年創刊）は、中国語白話文で書かれ、白話文運動を展開していくことになる。だが、

『台湾民報』の中国語白話文の表記の確立には困難が強いられた。そのため、一部に日本語の名詞が使われたり、文言文と混用されていたりと台湾式白話文といえる程度のものに過ぎなかったという。[98] こうした混乱状況に対し、中国に留学していた張我軍《ジャン・ウオジュン》（ちょう・がぐん）などは、台湾人の言葉を中国語で表記したいと主張した。

一方、1930年代に入ると、黄石輝《ン・チョフィー》（こう・せっき、1900－1945）などは、日本語、中国語（文言文、白話文）を使った文字表記は言文一致でないとし、台湾語で創作してこそ、台湾民衆に真に寄り添い、台湾の人情や風物を精密に描けると述べ[99]、台湾語の文字化、台湾語白話文の文字化を主張した。このように、台湾の言論界では、台湾語白話文派と中国語白話文派の論争が繰り広げられていく（台湾白話文論争・第一次郷土文学論争）。「台湾新文学の父」といわれる頼和《ルア・ホー》（らい・わ、1894－1943）なども、台湾語白話文を完成することはできなかったものの、台湾語的な文体を用いて創作している。

このように台湾語白話文は、日本統治期にも様々な試みが行われたものの、主流派の文字表現になることはなかった。なぜなら日本統治期の台湾における「国語」は日本語だったからだ。1933年、日本語で学校教育を受け、日本に内地留学した台湾人が、東京で『フォルモサ』という日本語での機関誌を発刊する。

日本の雑誌に作品が掲載された作家も登場する。楊逵《ヤン・クイ》（ようき、1904－1985）は、1924年に日本に渡り、翌年、日本大学芸術学部夜間部に進学した。台湾出身の学生の多くが裕福な生活を送る中、楊逵は学費や生活費を得るために昼間は新聞配達夫や日雇人夫として働く一方で、日本のプロレタリア文学に傾倒していく。[100]ちなみに楊逵は日本大学在学中に国会議事堂の建築現場でも働き、高い足場から足を踏み外しかけ、同僚の助けで事なきを得たが、危うく命を落としそうになったことがあったという。[101]

楊逵の短編小説「新聞配達夫」は、1934年に『文学評論』（ナウカ社）で入選し、日本内地の文壇に登場したはじめての台湾人作家の作品となった。続いて、龍瑛宗（りゅう・えいそう、1911－1999）も、1937年に「パパイヤのある街」で雑誌『改造』（改造社）の佳作推薦賞を獲得している。[102]

台湾総督府が始政四十周年記念博覧会を催した1935年の翌年、台湾の作家たちは「台湾文芸連盟」を組織し、日本語と台湾語白話文の文学を掲載した文芸誌『台湾文芸』を発刊した。だが、1937年、日中戦争が勃発すると、新聞などの漢文欄も禁止され、「国語常用運動」が推進され、台湾語白話文の発展は夭折した。

その後、日本語の文学雑誌が刊行され、台湾文壇を牽引していく。1940年に在台日本人作家の西川満が主編を務めた『文芸台湾』が創刊され、濱田隼雄、新垣宏一なども寄稿した。一方、方針の違いから張文環《ちょう・ぶんかん》や黄得時《こう・とくじ》らは『文芸台湾』を離れ、1941年に『台湾文学』を創刊している。

台湾語白話文の表記をめぐって熱い論争が繰り広げられていたにも関わらず、1930年代、台湾の文学における文字表記は、台湾語白話文の表記の完成を待たぬまま、漢文から日本語へと取って代わったのだった。台湾語の文字表記問題を、次に台湾社会が思い出すのは、半世紀以上後のことになる。

日本語教育を受けた作家たちは戦後の中国語社会をどう生きたのか

1945年、日本の敗戦にともない、植民地統治が終了した。台湾は、中華民国の統治下となった。当初、台湾の人たちは、植民地からの解放、祖国への復帰を喜びを以て迎えたと言われている。台湾の作家たちも、自分たちの文学を発展できると期待した。

楊逵《ヤン・クイ》（よう・き）は『一陽週報』を創刊し孫文《スン・ウェン》（そん・ぶん）の三民主義や五四新文化運動以降の作品を転載した。龍瑛宗も『中華日報』日本語版を編集した。台湾新文学運動の旗手でもあり、後に台湾大学歴史系の教授となる楊雲萍（ようう んぴょう、1906-2000年）は『台湾文化』を編集した。戦後初期、本省人（1945年以前に台湾に生まれた人）と外省人（1945年以降に中国から来た人）の文化人の交流は盛んで、互いに協力して、新聞、雑誌を創刊し、台湾文学の未来を設計しようと試みた人々も多くいた。日本統治期に活躍した作家たちも、中国の文人たちも文学や論評を発表した。

例えば、『台湾新生報』の文芸欄「橋」の編集長・歌雷《ゴー・レイ》は外省人作家で、この「橋」という名前には、「本省・外省の架け橋」という意味を込めたとともに、[103] 魯迅《ルー・シュン》（ろ・じん）などの中国での五四新文化運動の文学を引き継ぐ意思も反映されていると考えられる。[104]「橋」では、楊逵など台湾出身の本省人作家たち、中国出身の外省人作家たちが、台湾文学の未来はどこに向かって歩むべきかといった討論も繰り広げた。だが、1947年二二八事件（詳しくは38頁参照）が勃発し、1949年以降、戒厳令が発布され、国民党が共産党に敗れて台湾に逃げ込み、白色テロ期（詳しくは23－24頁参照）となると、言論・創作の自由な環境は悪化し、歌蕾、楊逵はともに逮捕された。

実は、1943年のカイロ会談において「日本は満州、台湾、澎湖諸島を中国に返還すること」と合意されたことを受け、蔣介石は翌年に台湾調査委員会を組織し、台湾を接収するための計画と立案に着手していた。終戦5か月前の1945年3月には「台湾接管計画綱要」が公布され、台湾文学研究者の黄英哲によれば、「第一通則の（4）に述べられているのは、教育化を通じて台湾人から日本文化を一掃し、民族意識を強化して、中国化をはかるという基本原則[105]」だったという。だが、50年の日本植民地を経た当時の台湾の言語状況は、「三十歳以上の知識人で中国文が読めて、書けるものは百人の中一、二人を見出せる程度である。三十歳以下ではもう駄目である。二十歳以下になると台湾語でさえも完全には話せず、日本語の方が流暢だと言ってよい」[106]という状況だった。そのため終戦直後には日本語の文学活動も一時的に行われていた。

だが、1946年10月25日（「光復」1周年）に、国民党政権は、新聞、雑誌の日本語欄の廃止を命じた。日本統治期に日本語に熟達した台湾人作家が、瞬時に新たな「国語」を習得するのは不可能であり、筆を措いて創作人生を中断せざるを得なかった。その後、台湾出身の作家たちは、①文学界から退場（断筆）、②中国語を学び創作、③発表媒体はないが日本語で創作、以上の三つの選択肢から選択を迫られた。いずれにしても、1940年代から1950年代にかけて、中国語での創作が求められるようになった台湾の文学界からの退席を余儀なくされた。

「皇民作家」としてスケープゴートにされた周金波

戦後の台湾文学界に姿を現すことなく、筆を折らざる得なかった作家に周金波《しゅう・きんは》（1920－1996）がいる。

周金波は、台湾基隆に生まれ、幼いころ、日本大学歯科に留学中の父のもとへ母と向かうも、関東大震災で焼け出され、一時帰台。1934年に再び日本に渡り、日本大学附属三中に入学し、日大専門部歯科に進んだ。学業の傍ら、音楽、舞踏、演劇活動などにも参加し、文学座の第1期研究生でもあった。[107] 1941年3月刊行の雑誌『文芸台湾』には小説「水癌」が掲載される。同年、日本大学専門部歯科を卒業、帰台後、小説「志願兵」を雑誌『文芸台湾』に発表した。「志願兵」は、1941年6月に台湾での志願兵制度導入が閣議決定されたことを受け（実際に導入されたのは42年）、志願兵制度をモチーフとして書かれた小説である。

ストーリーは次の通りだ。東京留学から皇民化運動下（皇民化とは「天皇を戴く臣民」つまり日本人と同質の大日本帝国の国民となることを強制することである。具体的には、日本語（国語）を徹底させるための教育の推進、天皇崇拝、日本の神社参拝などの強要、宮城遥拝の奨励、志願兵制度の導入、戦時動員体制の強化、改姓名などが行われた。反対に、各民族独自の言語、文化、宗教、さらに民族歌や民族旗は抑圧されたり、禁止された）の台湾に帰ってきた張明貴《ちょう・めいき》は、公学校（一般の台湾人が通う初等教育機関。一方、日本人が中心に通っていた初等教育機関を「小学校」という）の同級生で台湾の日本人経営の店で働く高進六《こう・しんろく》と「日本人になる論」を戦わせる。[108] 日本内地留学経験がありエリートである張明貴は高進六に対して優越感を抱いていた。だが、高進六が、高峰進六という日本人名に改姓名し、血書志願で志願兵に応募したことを知り、「進六こそ台湾のために台湾を動かす人間だ」と負けを認める。

1942年に「志願兵」は第一回文芸台湾賞を受賞し、周金波は、1943年に第二回大東亜文学者大会に台湾代表として招待された。

台湾で最初に書かれた台湾文学史である葉石濤《イエ・シータオ》『台湾文学史』（中島利郎，澤井律之訳、研文出版）は、太平洋戦争の最中、日本文学報告会が大東亜文学者大会を挙行した当時のことを、「このような劣悪な政治体の下、台湾人作家は沈黙するか、日本帝国主義の侵略が全面的に破壊し、台湾が速やかな解放を獲得することを期待するかであった[109]」と述べたうえで、皇民文学について以下のように書いている。

戦争の影がいよいよ濃くなり、皇民化運動の波が次第に激しくなった時、理念の上で植民地政府の政策を認め、親日の道に向かった作家たちもいた。

たとえば「志願兵」や「水癌」等を書いた周金波である。王昶雄の小説「奔流」は『台湾文学』の一九四三年七月号に発表された。ある人は「この作は台湾人の立場に立って、皇民化の苦闘を訴えた写実小説」であるという。同様のことは陳火泉の小説「道」にも言えるだろう。「道」は、芥川賞の候補にものぼったことがある。[110]

このように、皇民文学として3人の作家作品を取り上げているが、王昶雄（おう・しょうゆう、1915－2000）と陳火泉《ちんかせん》が「台湾人の立場に立って」「皇民化の苦闘を訴えた」と擁護されているのに対し、周金波は「親日の道に向かった作家」と、ただ断罪されている。

皇民化運動（詳しくは150頁参照）により、日本人化を進め、台湾人としてのアイデンティティは破壊されていった。

中島利郎は、「つくられた「皇民作家」周金波」の中で次のように述べている。

日本統治末期の台湾において「皇民小説」という呼称はある意味では一種

のステータスであった。しかし、それは戦後の国民党支配下の台湾においては、日本統治への協力という意味で漢奸小説として非難の対象となる。ところが、非難されるべき王昶雄の「奔流」、陳火泉の「道」はそれぞれ「抗日小説」との評価を得て、戦後（光復後）の台湾では漢訳出版され、それぞれの作家も「皇民作家」というくびきから解放された。そして、ただ周金波とその作品のみが戦後の台湾においても「親日の道に向かった」「皇民作家」・「皇民小説」として、常に無視され続けてきた。[111]

周金波が戦後の台湾文学界においていかに無視されてきたかは、刊行物からも見て取れる。戦後の台湾において、日本統治期の文学の本格的な研究資料の最初の出版は、1979年の鍾肇政・葉石濤主編『光復前台灣文學全集』（全八巻）に始まる。[112]だが、この全集に、周金波「志願兵」は所収されていない。さらに10年後、戒厳令が解除され、民主化、本土化（台湾化）にともない、1991年に前衛出版より『台灣作家全集』の刊行が始まった。これは全50冊におよぶ大型の台湾作家の全集で、頼和、楊逵、王昶雄といった日本統治期の作家17名が巻頭の10

冊を飾っていることが特徴である。にもかかわらず、日本統治期の重要な作家である周金波は取り上げられていないのだ[113]。

中島利郎は、王昶雄や陳火泉の作品が、戦後、様々な論争や作家本人たちの証言などもあり、「皇民文学」から「抗日」・「抵抗」・「抗議」文学と肯定的な評価を得ていく中で、周金波だけは自らの作品について一切の弁明をしなかったことにも言及したうえで、以下のように述べている。

日本統治期に活躍した作家たちは、戦後の国民党統治下の文壇への「復帰」に—政治的転換による文学用語の転換や日本化からの離脱など各人各様に苦しんだ。ことに戦前において「皇民作家」といわれた作家たちは殊更であろう。彼らが戦後の台湾文壇に復帰するためには、是非ともより典型としての「皇民作家」「皇民小説」の存在が必要であった。…（中略）…そういう意味で、周金波は戦後台湾文壇の一種の「スケープゴート」になったのである[114]。

周金波については、1992年に垂水千恵、星名宏修ら日本の研究者たちにより[115]、再評価が試みられ始め、現在は台湾でも再評価されている。先述したように『台灣作家全集』にも刊行当初は所収されなかったが、日本で『周金波日本語作品集』（緑蔭書房、1998年）を刊行した中島利郎の編で2002年に『台灣作家全集別集』として、周金波の作品集が刊行された。

中島利郎は、周金波が台湾文壇においてスケープゴートとされてしまったあまりに悲しい事実について、「これらの不幸の最大の原因が日本の植民地支配にあったことを、我々日本人は肝に銘じておかなければなるまい[116]」と論文を締めくくっている。

なお、58人の作品を収録した『台灣作家全集』全52冊には所収されていないが、日本統治期に台湾に住んでいた日本人作家が日本語で書いた作品も多数ある。例えば、台南で高校教員をしていた濱田隼雄《はまだはやお》は、日本から台湾東部への農業移民を題材とした長編小説『南方移民村』を1941年に著した。台北帝国大学医学部教授で解剖学を専門とした金関丈夫《かねせきたけお》は、林熊生のペンネームで日本統治期の萬華を舞台とした探偵小説「龍山寺の曹老人」を1943年に発表している。西川満の「元宵記」・「朱氏記」は１９４１、１９４２年に芥川賞予選候補となった。その西川満が立ち上げた台湾文芸家協会（１９３９－）には、邱炳南（邱永漢）、周金波、龍瑛宗、新垣宏一、石田道雄（まど・みちお）など62名が名を連ねている。

中国を学び書き続け、言語を超えた創作活動を行った作家——鍾肇政

『光復前台灣文學全集』や『台灣作家全集』などの編纂を中心的に務めてきた鍾肇政《ジョン・ジャオジョン》（しょう・ちょうせい、１９２５－２０２０）を、戦後、中国を学び書き続け、言語を超えた創作活動を行った作家の例として取り上げたい。

鍾肇政は、１９２５年に新竹の客家の村に生まれた。父親は公学校の教師だった。１９３７年に名門の新竹中学を受験するも不合格（成績に劣る同級生の日本人が合格したことに差別待遇を感じたという）、私立の淡水中学に進む。『少年倶楽部』からトルストイといった世界文学まで日本語で読書した。青年師範学校卒業後、第１回徴兵令により召集されるも服役中にマラリアに罹患し、その後遺症で聴覚が不自由になった。戦後は小学校教員となった。48年には台湾大学に進むも聴覚

が不自由なため中途退学して小学校教員に復帰し、中国語の独学を決意した[117]。

鍾肇政は、まず『三字経』などの漢学入門書を読み、その後は唐詩などを中国音で覚えたそうだ。だが、書くことは容易くはなかった。頭の中の思考回路が日本語だったため、日本語で考え、中国語白話文を書くときも先ず日本語で書き、それを中国語に翻訳したという。慣れるとそれを頭の中で行ったという（鍾肇政は「訳脳」と命名[118]）。

1951年には雑誌に文章を寄稿し採用され、1953年には国民党が主催する中華文芸奨金委員会の文学賞に小説を投稿、採用されなかったものの、この頃から短編小説が断続的に採用され始めたという。1957年には、超小型ガリ版雑誌『文友通信』を創刊、本省人作家たちの文学メディアが誕生した。さらに長編小説「永遠のルピナス」を1960年に大手新聞『聯合報』に投稿、掲載され、1962年に単行本として刊行した[119]。

『永遠のルピナス』（中島利郎訳、研文出版）は、台湾北部の客家の貧乏な茶農家の一家の物語だ。姉弟の弟の古阿明《グー・アーミン》は絵の天才的な才能があった。姉弟が通う田舎の小学校では、これまで県の展覧会で一度も入賞者を輩出したことがなかった。

そこで校長先生は、大学で美術を専攻している郭雲天《グオ・ユンティエン》を臨時講師として招聘する。郭先生は阿明《アーミン》の美術の才能を認め、学校の代表として阿明の絵を県の展覧会に出品しようとするものの、他の先生たちは村長に阿り、村長の息子の作品の出品を後押しする。本作には貧富の格差や保守的な田舎の学校の教育体制とともに、郭先生と村長の娘で小学校教師の林先生とのプラトニックな恋愛がクロスオーバーして描かれている。郭先生は小学校を解雇されるものの諦めきれず、阿明の絵を世界児童画展に出品し、特賞受賞に導く。彼は阿明の才能を守ることを林先生に託すも、阿明は重い病に罹り、短い生涯を閉じてしまう。本作は、日本語世代が中国語で書いた郷土文学の初期の作品として注目されるとともに、１９８９年、２００９年の２度映画化された人気作品でもある。

１９６４年には呉濁流《ウー・ジュオリウ》（ご・だくりゅう、１９００－１９７６）が出資、鍾肇政が編集した文芸雑誌『台湾文芸』が創刊、詩人の陳千武《チエン・チエンウー》（ちん・せんぶ、１９２２－２０１２）、林亨泰《リン・ホンタイ》（りん・きょうたい、１９２４－）らも詩の雑誌『笠』を創刊した。終戦から15年以上が経った１９６０年代、戦後第一世代、言語を超えた世代の作家や詩人が、ようやく台湾文壇において着実な一歩を歩み始めた。

発表媒体がないにもかかわらず日本語で書き続けた作家——黄霊芝

続いて、台湾での発表媒体が公に存在しないにも関わらず、日本語で書き続けた作家として黄霊芝《こう・れいし》（１９２８－２０１６）を紹介したい。

黄霊芝は父が有力者だったため日本人の子どもが通う小学校に入学し、名門の台南第一中学に進学する。終戦を17歳で迎え、台湾大学外文系に入学したものの、喀血し、退学。発表のあてのないまま中篇小説「蟹」（日文）の執筆に取りかかった。[120]

「蟹」は、全3章構成となっている。序章では、空腹のため名も知らぬ得体も知れぬ蟹を人類で初めて食べた若者の話。本章では、市場で恵まれて食べた蟹の美味しさを忘れられず、蟹を命がけで求め続ける老乞食の話。終章では帰省した男が岩場で蟹を釣る話がそれぞれ描かれている。

台湾では発表媒体がないため、黄霊芝は、１９６２年、中篇小説「蟹」を、日本の群像新人文学賞に応募し、一次選考を通過。以降、１９６５年まで順に「輿論」、「古稀」、「豚」で、同賞の一次選考を通過している。１９７２年には、台湾でも『黄霊芝作品集・巻三』を自費出版した。巻頭には以下のように書いている。

私は中華民国人である。しかるにこの全集を日本文で編んでいる。従って売り物にするのが目的でないことは明らかである。又自国語で編んでいないと云うことで私を蔑む人が多いのも知っている。私が日本文を使っているのはそれが私に最も便利な言語であるからに過ぎない。若しこのことに罪があるのだとしたら台湾を日本に割譲した清朝の官吏を責めるがよかろう。或いは二十数年かかって未だに自国語に精通出来ないでいる私の愚かさを笑ってもよいだろう。[121]

日本では黄霊芝名義で、黄霊芝『台湾俳句歳時記』（言叢社、２００３年）を出版し、第三回正岡子規国際俳句賞を受賞したほか、２００６年には旭日小綬章を受章した。受賞翌年に、朝日新聞の取材に以下のように応じている。

「親日ではない」と語るのは植民地時代の苦い思い出から。ほとんどが日本人生徒の旧制中学に入学した時、「台湾人にヤキを入れる」という上級生たちから肋骨1本を折られた。恐怖と悔しさはいまも忘れられない。「それでも私は親日本語なんです。つくづく繊細な言葉だと思う。そして自然と人とのかかわりを巧みな省略を使いながらたった17文字で表現する俳句の世界は、何年たっても究め尽くせない」[122]

このほか、黄霊芝著、下岡友加編『戦後台湾の日本語文学　黄霊芝小説選』（溪水社、2012年）、黄霊芝著、下岡友加編『黄霊芝小説選―戦後台湾の日本語文学2』（溪水社、2015年）、日本統治時代の日本名である国江春菁という名義で国江春菁著、岡崎郁子編『宋王之印』（慶友社、2002年）も出版されている。

黄霊芝も同人として参加した台北歌壇（1968年創立）で、歌誌『台北歌壇』を創刊した孤蓬万里は、『台湾万葉集』（1993）に、「日本語のすでに滅びし国に住み短歌詠み継げる人や幾人」と詠った。

南洋での戦争体験を書く──『獮女犯──元台湾特別志願兵の追想』

皇民文学と評される周金波「志願兵」は、日本植民地下の台湾において、台湾人が志願するまでの物語だった。今度は、戦後、実際に台湾特別志願兵として東ティモールに赴いた経験のある作家の陳千武《チエン・チエンウー》（ちん・せんぶ、１９２２－２０１２）が、当時のことを追想し１９７６年に発表した『獮女犯─元台湾特別志願兵の追想』（保坂登志子訳、洛西書院）を紹介したい。

陳千武は、１９２２年に生まれ、日本統治期に詩作発表を始めた。１９４３年に日本兵としてポルトガル領東ティモールの最前線に従軍、敗戦を迎えた。同書の「日本語版に寄せて」に、陳千武は以下のように寄稿した。

　太平洋戦争という大波瀾に遭遇し、私は台湾特別志願兵として、ティモール島濠北防衛作戦に参加した。台湾高雄港を出航、シンガポール、ジャワ、ティモールと一回りして、終戦後一年経って、台湾基隆港に辛うじて上陸、帰郷した。その従軍四年間の体験思い出を記しておく事に、ある種の使命感を抱いていた私であるが、然し、直ちにそれを執筆することはできなかった。

敗戦兵の身で、植民統治よりもっと苛酷な独裁政権下にあって、中国統治者側から、かつて日本の手先であったという怨恨を背に受けて生活するのは、苦にはしなかったけれども暗く重い体験であった。

使い慣れた日本語と台湾語を禁止され、話せない中国語を強制的に押しつけられて、全くの文盲、思想のない愚民に仕立てあげられた。殊に二二八事件や白色恐怖の監視下で暮らす辛さを骨身にしみて味わった。

そのため、終戦二十二年後の一九六七年になって初めて、私は戦争体験の強い印象を日本語で記したメモを辿って、中国語で書くことができるようになり、一九八四年まで十七年間、十七篇の追想の自伝小説を書きあげ、熱点文化出版社から『猟女犯』の書名で出版した。

出版と同時に、これは時代の証人である台湾人作家の書いた唯一の戦争小説である、と好評を受けた。[123]

「猟女犯」は、主人公の台湾特別志願兵である林兵長が、ティモール島において、皇軍兵士たちの慰安婦として連れてこられた先住民女性を慰安所が設置された司令部へと護送する任務を遂行する場面から始まる。林兵長は、その女性たちの中に、台湾語を喋る女性がいることに気づく。彼女の名は、ライサーリン（頼莎琳）。林兵長は、後に慰安所を訪れるが、他の兵隊たちのように彼女を抱くことができない。さらに林兵長は、上官の日本人准尉の当番兵として、洗濯や食事の世話のみならず、夜の相手までをこなす「妻」としての役割を担っている。帝国日本と林兵長およびライサーリンの関係について、倉本知明は次のように述べている。

「猟女犯」におけるライサーリンと林兵長は共に「同じ戦争の犠牲者であり、また同じ日本帝国主義の尖兵に脅迫された弱者」であるが故に、二人の存在は「被抑圧者のままならなさと悲哀」を象徴しているといえるが、こうした戦場における被抑圧者たちが抱えた「ままならなさと悲哀」とはむしろ兵隊と「慰安婦」といった性別による役割分担がなされることなく、まさに両者が同じように皇軍の「娼婦／娼夫」としての役割を担わされていることにその悲哀の原因が隠されているといえる。[124]

「猟女犯」の林兵長は、植民地への不条理を、言葉として語ることはない。だが、林兵長を、慰安婦を抱かず、日本人上官の世話をする「妻」のような存在である「娼夫」として描くことを通して、その身体の不自由さそのものが「ままならさと悲哀」を語っている。

なぜ被植民経験のない作家たちが日本統治時代を書くのか

これまで取り上げた郭強生《グオ・チアンション》『惑郷の人』（第1章参照）、楊双子《ヤン・シュアンズ》『台湾漫遊鉄道のふたり』（第1章参照）、李昂《リー・アン》『迷いの園』（第2章参照）も日本統治期を舞台とした小説だ。これらの小説が「志願兵」「猟女犯」と異なるのは、作家たちが戦後生まれということである。つまり、自分自身の体験を基にした小説を書くことは不可能だ。

『迷いの園』の李昂《リー・アン》は1952年、『惑郷の人』の作者である郭強生《グオ・チアンション》は1964

年、『台湾漫遊鉄道のふたり』を書いた楊双子《ヤン・シュアンズー》に至っては、１９８４年生まれである。つまり、被植民地の経験がないにもかかわらず、日本統治期を小説の舞台として選んで書いているのだ。作家の生年のみならず、背景、あるいは作品の出版年からも日本統治期を取り上げた意義は異なる。では、どのような語りの手法を駆使して、なぜ日本統治期を語ろうと試みているのか。

「わたしは甲午戦争（日清戦争）の末年に生まれました」で始まる李昂『迷いの園』は、戒厳令解除直後、民主化、本土化（台湾化）が始まった１９９０年頃に書かれている。台湾の中学校で『認識台湾』という台湾史の歴史教科書が使われるようになったのは、１９９７年のことだ（ちなみに、それまでは中学の歴史教育では「国史（中国史）」と「外国史」を学び、台湾の歴史は「国史（中国史）」のなかで、わずか３００余字の記述しかなかった[125]）。つまり、『迷いの園』は、小説の中に、「甲午戦争（日清戦争）の末年に生まれた」と設定し、１８９５年から始まる日本統治期を書くことで、戦後一貫して行われてきた中華民国の学校教育で勉強してきた国史である中国史とは異なる、台湾の歴史を書こうとしたのだ。

　未完の日台合作映画に魅せられ翻弄された人々の流転の軌跡を描いた『惑郷の

人』の作者である郭強生は外省人二世だ。つまり、日本統治期は彼のルーツですらない。さらに親以外に台湾には親戚もいないという。学校教育では中国史のみを学習した世代だ。にもかかわらず、なぜ『惑郷の人』で日本統治期を書いたのだろうか。2012年、『惑郷の人』の金鼎奨受賞に際し、郭強生は次の文章を寄せている。

> 家族の記憶を持たない私にとって、本省人の何世代にもわたる家族を素材とする作品を書く作家は非常に羨ましい。しかし、同業者たちが書いた台湾の家族の物語を読み始めたとき、彼らの実体験の源がある種の足枷になっていることに気づいた。小説はもはや小説ではなく、家族を正当化したりプロパガンダのための文書になっていたのだ。[126]

李昂『迷いの園』は、戒厳令期には語ることが不可能だった台湾史を日本統治期にルーツを遡って書き、「家族を正当化したりプロパガンダのための文書」の一面もあったからこそ1990年前後に発表された文学としては価値があったと思う。だが、民主化後、徐々に、台湾社会におけるタブーはなくなり、台湾文学が体制化され、21世紀以降は、台湾文学における政治性の価値も変化していった。

さらに郭強生は「中心に立っていない人こそが全貌を見ることができる」[127]とも述べている。戒厳令期には中心だったが、民主化後は周縁に追い遣られてしまった外省人二世として、「台湾化」が当然になる中で、台湾生まれではなく、被植民地経験もない郭強生だからこそ書ける、台湾の物語として日本統治期があると考えたのであろう。つまり、『惑郷の人』は日本統治期、台湾史の脱政治化の物語だとも言える。

現実社会が台湾化していくなかで、文学も台湾化が「中心に立つ」ことになったわけだが、ほぼ『迷いの園』(1990年前後)からほぼ『惑郷の人』(2012年前後)の間に起こった、映画における日本統治期の描き方の変化についても、補足しておきたい。

戦後生まれの監督による台湾社会の現実に根差した芸術性の高い映画は、その斬新さからニューシネマと呼ばれ、日本でも人気を博した。戒厳令解除後の1989年、侯孝賢《ホウ・シャオ・シェン》『悲情城市』は、ヴェネツィア国際映画祭で金獅子賞を受賞した。天皇の玉音放送が男児の産声に取って代わり、日本植民地支配の終焉を新しい台湾の誕生として語り始めるが二二八事件に翻弄され崩壊していく大家族をロングショットで撮った作品だ。タブーであった二二八事件を描いたことは台湾社会に衝撃を与えた。

その後、白色テロ期を描いた楊徳昌《エドワード・ヤン》『牯嶺街少年殺人事件』（１９９１年）、萬仁《ワン・レン》『超級大国民』（１９９４年）、日本統治期やその記憶を描いた王童《ワン・トン》『無言の丘』（１９９２年）、呉念真《ウー・ニエンジェン》『多桑 父さん』（１９９５年）など、台湾映画はこれまで語れなかった台湾の歴史を語り始めた。台湾ニューシネマは、国際的な評価を得た。だが皮肉なことに、芸術性重視の作品が増えた結果、娯楽を求める台湾人観客の期待に応えられず、台湾人が見なくなった台湾映画は低迷し、制作本数は激減したことは、先述した通りだ。

２００８年、台湾映画は自らの歴史をエンタメとして語ることで息を吹き返す。きっかけは、日本の敗戦による台湾からの引き揚げを日台の悲恋の物語とした魏徳聖《ウェイ・ドーション》『海角七号』（２００８年）だ。台湾映画史上最高収益５・３億元を記録した。

その後、1930年、植民地時代最大の抗日蜂起を弾圧したジェノサイドである霧社《むしゃ》事件を活劇化した『セデック・バレ』（2011年）、魏徳聖が総指揮、馬志翔《マー・ジーシャン》が監督を務め、嘉義農林学校野球部が1931年に甲子園で準優勝した実話をスポ根ドラマ化した『KANO』（2014年）も多くの観客を集めた。昨今、日本統治期は台湾映画のエンタメ素材の一つとなった。

話を文学に戻そう。1984年生まれの楊双子《ヤン・シュアンズー》による『台湾漫遊鉄道のふたり』が刊行されたのは2020年である。1980年代以降生まれは、「天然独（生まれながらに自分たちは中国人ではなく台湾人だと考える人々、2014年のひまわり学生運動＝詳しくは128－129頁参照＝以降使われるようになった語、最近では「天然台」ともいう）」世代といわれ、1980年代後半生まれは、中学から台湾史の教育を受けた新世代だ。だが楊双子は、『台湾漫遊鉄道のふたり』刊行記念対談で、[128]「学校教育では日本時代について教えられる機会が少なく、大学生に入ってようやく知った。それで当時のことを、同世代の人たちにも知ってもらいたいと思い、当時の人々の実際の生活、美食、鉄道などを盛り込み、リアルな描写を書こうと考えた」と答えている。

楊双子（本名：楊若慈《ヤン・ルオツー》）のペンネームは、双子の妹である楊若暉《ヤン・ルオフイ》（２０１５年に他界）との共同ネームで、楊若暉が日本統治期の歴史を研究していたため、歴史資料の収集や考証などは、妹が存命時には担当し、物語の創作は楊若慈が担当していたそうだ。現在は、楊若慈が１人で、歴史資料の精査および創作を行っている。楊双子の作品はライトノベルが多いが、研究者たちにも人気が高い。

『台湾漫遊鉄道のふたり』の物語の描写に関しては、日本の漫画も参照にしており、はやせ淳作画・櫻井寛監修『駅弁ひとり旅』、野田サトル『ゴールデンカムイ』、森薫『乙嫁語り』の3作品を具体的に挙げ、私たちが知らない時代、世界や文化をリアルに描いた作品として啓発を受けたと述べている。[129]

『ゴールデンカムイ』は、アイヌも登場し、明治末期、日露戦争終結直後の北海道・樺太を舞台とした、金塊をめぐる漫画であり、『乙嫁語り』は、19世中央ユーラシア大陸を舞台とした作品だ。楊双子は、日本時代を、李昂のような「家族を正当化したりプロパガンダのための文書」ではなく、郭強生のように「中心に立っていない人こそが全貌を見ることができる」脱政治化された台湾の物語を書きたいわけでもなく、あくまで「私たちが知らない時代、世界や文化」であるフラットな視点から日本統治時代を描こうとしたようだ。

日本統治期について、誰かの記憶に頼るのではなく、当時の資料を調査し、フラットな視点から書くからこそ、「内地人と本島人の間に、平等な友情は成立しないのです」[130]といった、植民地下の差別を直視することが可能なのだろう。

「天然独」世代によりフラットに描かれ始めた植民地差別――『台北野球倶楽部の殺人』

楊双子《ヤン・シュアンズー》『台湾漫遊鉄道のふたり』と同じく１９３８年を舞台とした推理小説の唐嘉邦《タン・ジャーバン》『台北野球倶楽部の殺人』（玉田誠訳、文藝春秋）が２０１９年に刊行された。

１９３８年、台北駅近くの喫茶店「グランドスラム」で野球愛好家倶楽部「球見会」の定例会が開かれた日の夜、別々の列車の車内で、会員２人が、死体となって発見された。会員２人の死の謎をめぐって、時刻表を駆使したアリバイを崩し、台湾現代史に刻まれた悲劇が解き明かされる社会派ミステリー小説だ。

殺害された一人は藤島慶三郎（慶応大卒の経営者）、もう一人は陳金水（ちん・きんすい、公学校＝台湾人が主に通う小学校＝卒の経営者）だった。台北南署の刑事である李山海《り・さんかい》と北澤英隆の2人は捜査に乗り出し、高雄商業のエースで4番の大下弘の争奪戦や倶楽部会員たちの確執を動機に絡めて時刻表のトリックを暴きアリバイ崩しを展開する。実は、事件の裏には、1915年に起こった抗日武装蜂起・西来庵事件により、科挙の合格者で、「秀才さん」と呼ばれ名士だった父が死刑に処され、孤児となった遺族の複雑な人生が関わっていたのだった。

作者の唐嘉邦《タン・ジアバン》は、楊双子とほぼ同世代の1981年生まれで、大手新聞社『中国時報』の記者を務めていた。同書は彼のデビュー作で、第6回金車・島田荘司推理小説賞を受賞した。同書の執筆動機について、唐嘉邦は、学生時代に、霧社事件（1930年にセデック族が帝国日本の差別待遇や過酷な出役労働に抗して起こした抗日武装蜂起事件に対して日本軍が弾圧したジェノサイド）の遺族が差別され過酷な状況のなかで成長し、高砂義勇隊として南洋に従軍するという鍾肇政が書いた小説「川中島」「戦火」を読み、衝撃を受けたことを挙げている。[131]

だが、楊双子と同じく、日本統治期については知識がなく、お年寄りに話を聞かなかったことを後悔しながら、当時の資料、写真、特に地図を丹念に読み込み、大下弘をはじめ、当時の人名、地名、鉄道路線、時刻表などを作中に生かし、物語を展開したそうだ[132]。

このように未体験の時代をリアルに語るために、当時の資料を調査し、日本統治下の台湾を忠実に再現することを試みている。一方で、唐嘉邦は読者に伝えたいこととして、「この時代の台湾人のアイデンティティについてはもちろん、同時に、日本時代ではなくても、台湾のどの時代であっても私たちは何人なのか、私たちはどんな人に成りたいのかという問題は常に存在する。そのことも伝えたい」[133]とも述べており、この姿勢は、同書において、差別構造に収まりきらない、深い人物描写にも表されている。

唐嘉邦は野球を取り上げた理由として、台湾は国際的には周縁だが、野球では国際的にも勝利できる競技だから人気があり、植民地下の差別社会においても、野球の前では皆平等、勝てれば自信が持てたからだと述べている。作中にも、台湾人の村長の次の言葉をうけて、台湾人刑事の李山海が頷く場面がある。

今の世の中、公平なのは野球の試合くらいじゃないですか。打てばその実力がきちんと評価される。そこには本島人も内地人もありません。内地人ばかりが優遇される社会で、野球は唯一、台湾人が日本人と張り合うことができるものではありませんか[134]

日本統治期の評価については、その時代の政治性や立場が深くかかわってきた。唐嘉邦は「この小説を通して私たちの故郷の過去をもっと知ってくれたら嬉しい」と述べている。同書における日本統治期は、政治化されず、台湾の歴史の一部として相対化されているからこそ、支配階級と被支配階層という人種差別を冷静にフラットに表すことが可能となったのだろう。「天然独」「天然台」世代にとって、日本統治の評価の是非はすでに問うものではないようだ。日本統治期は、台湾史の一部には違いなく、植民地統治とは人種差別、人権侵害であることは、資料に基づけば明白だからだ。

司馬遼太郎『台湾紀行』から40年、小林よしのり『台湾論』を超えられなかった日本社会

先述したように台湾文学における日本統治時代の描き方は、作家の世代、経歴、教育により多様であり、その意義も変わっていった。「天然独」「天然台」世代にとって、日本統治期は、台湾史の一部であり、冷静にフラットに個人の物語を展開しつつ、当然のこととして植民地ゆえの人権侵害を描いている。

日本ではどうか。戦後日本で忘却されていた台湾の日本統治期が一般の日本社会で注目を集めたのは、恐らくニュースでは、1974年、先住民によって編成された「高砂義勇隊」として徴兵されていた中村輝夫（アミ族名：Suniuo）がインドネシアで発見されたことであろう。書物では、1994年に刊行された司馬遼太郎『街道をゆく40―台湾紀行』（朝日新聞出版）の日本語人（日本統治期に日本語教育を受け、日本語を話す人）たちの登場においてだろう。

『台湾紀行』で、「司馬遼太郎（1923－1996）は、戒厳令解除後まだ日が浅く、民主化の熱をまとった1993年の1月と4月に、日本文化に通暁し台湾文化に

誇りを持つ「老台北」こと蔡焜燦《ツァイ・クンツァン》（さい・こんりん、１９２７－２０１７）などの案内で台湾をめぐり、李登輝《リー・ドンフイ》（り・とうき、１９２３－２０２０）とも対談している。日本語の台湾に関する書籍を読み周到に準備をした司馬は、日本語人の案内を通して、現地で見たこと感じたことを、台湾、日本の歴史に位置づけ、国とは何かを読み解いていく。

歩道は公共のものだが「台北では商店ごとの私が優っている」から歩道が凸凹しているという司馬の分析に対して、蔡焜燦は、「戦前の台北では、ありえないことでした……（中略）蔣介石氏がきてから大陸の万人身勝手という風をもちこんだのです」と応じている。[135]

資本主義が「私」から出発していると考える司馬は、大繁盛する台北を見て、福沢諭吉の「立国は私なり、公に非ざるなり」を思い出し、資本主義がより巨大になる前に公の精神を掻き立てねばと李登輝に伝える。李登輝は、「シバさん、私は二十二歳まで日本人だったのですよ……（中略）……初等教育以来、先生たちから日本人はいかにすばらしい心を持っているか――おそらく公に奉ずる精神についてに相違ない――という教育を受け続けたんです[136]」と返答する。司馬はそれに対して「そういわれてみると、李登輝さんは日本人の理想像に近い人かもとも思えてくる」と述べている。

司馬、李登輝、蔡焜燦はいずれも1920年代生まれである。司馬は、同じ世代の戦争体験者である日本語人の2人に共鳴し、さらに2人に「日本人の理想像」を妄想する。一方、「人間は自尊心で生きている。他の郷国を植民地にするということは、その地で生きているひとびとの――かれらの個々の、そして子孫にいたるまでの――存在としての誇りの背骨を石で砕くようなものである」[137]と述べ、植民への自責の念も著しており、植民／被植民の日台関係をどう捉えるべきなのかその逡巡が見て取れる。『台湾紀行』は、「台湾の話、これで終る。脳裏の雨は、降りやまないが」の一文で閉じられる。

『台湾紀行』から7年後、小林よしのり『台湾論』（小学館）が刊行された。『台湾紀行』と同じく李登輝と蔡焜燦のふたりに、許文龍《シュー・ウェンロン》（きょ・ぶんりゅう、1928－2023）が加わり1920年代生まれの被植民経験のある日本語人の声を通して、台湾の国生み物語が展開される構成だ。『台湾論』は小林よしのりの言葉で次のように終わる。

中国のように「私」が蔓延している地ではなく、日本と共に歩んだ時代に受け取ってくれた「日本精神」を今も宿して…「公」の感覚を育てようとしているこんな国を大切に思わないわけにはいかない。

…（中略）…

歴史的にも地理的にも人の情の面においても日本に一番近い島台湾！　日本はもうこの国を無視できないところまで来ている。国民国家・台湾が誕生した時、彼ら台湾人の未来の知識人の中からこそわが日本の歴史を客観的に評価し直す人々も出てくるかもしれない！


つまり、「「私」が蔓延している」中国と「公」を育てようとする台湾を対比し、中国批判のための台湾論が展開されている。「私」の中国と「公」の台湾との差異は「日本精神」を宿しているか否かという論拠を提示し、日本自己肯定の物語、延いては日本植民地統治肯定の物語、日本の歴史論戦のための「台湾」として、『台湾論』は締めくくられているのだった。ちなみに司馬の『台湾紀行』には「日本精神」という言葉は一言も出てこない。

小林の『台湾論』の特徴は、台湾の日本語人の声として日本植民地肯定の物語を作っていることだ。例えば、当時アジア最大のダム嘉南大圳《かなんたいしゅう》を設計した八田與《よ》一《いち》、蓬莱米を生み出した磯栄吉、製糖の生産量を引き上げた新渡戸稲造といった日本統治期の日本人の「功」を列挙し、「確かに日本人は自分の利益のためにまた全世界の人に見せるために台湾統治に心を砕き色々と立派な仕事をしたが…それは同時に台湾人にとっては非常に幸せなことでもあった」と被植民者であった台湾人・許文龍をして、当事者の声として日本植民地を肯定している。

許文龍の言葉を以て、教育についても「英国・スペイン等の国々は日本の様に植民地で教育を普及させ長期的な投資をしてない　私は日本人は非常に良心的な仕事をしたと思っている」[138]と語っているが、駒込武によると、台湾の公学校の設置の費用は、帝国日本でも台湾総督府のお金でもなく、基本的に、台湾の地方エリートの寄付と住民からの資金徴収によるものだったそうだ。[139]

ちなみに、2020年発行の日本の中学の歴史教科書には、「台湾の植民地と近代化」と題したコラムで、八田與一について、銅像の写真入りで「八田は……

（中略）……10年の歳月をかけて台湾に烏山頭ダムをつくりました。当時、ほとんど作物をつくることができなかった平原も、烏頭ダムの完成によって、台湾一の穀倉地帯に生まれ変わりました[140]」と紹介している。

だが、先述した司馬の『台湾紀行』では、司馬が「八田與一の銅像が残っているそうですね[141]」と蔡焜燦に質問すると、蔡焜燦は「どんな人です」と訊き返し、司馬は「この博覧強記の人にして、知らないことがあったのである[142]」と記している。蔡焜燦すら知らなかった八田與一は、小林よしのり『台湾論』で、日本統治の功労者として名を挙げられ、今や日本の中学の歴史教科書で、日本による台湾統治に関する記述ではただ一人固有名詞を記された重要人物へと変貌を遂げた。

八田與一は、１９９０年代に、司馬によって日本社会に広く知られることとなり、２０００年代に小林よしのりによって日本植民地肯定物語のスターとされ、２０２０年代には、日本の中学生に日本の歴史の一部として受け継がれることになった。八田與一の物語化については、胎中千鶴『植民地を語るということ――八田與一の「物語」を読み解く』（風響社）に詳しい。

もちろん、八田與一について良い思い出を語るのは自由だ。どんな社会にも個人的に良い人はいる。だが、その個人の例を、大きな主語に代え、植民地統治を肯定するのは危険である。『台湾紀行』『台湾論』では、20世紀末になっても日本語が話せる一部の日本語人の声のみを伝えているに過ぎない。

声なきものとしてこれまで歴史の表舞台に表れることなかった人たち、非日本語人、非識字者の女性たちの声を掬い上げ、台湾史の一部としての日本統治期を複眼的に重層性を織り上げたのが、洪郁如『誰の日本時代』（法政大学出版局）である。洪郁如は、第1章「理解と和解の間――「親日台湾」と歴史記憶――」で、以下のように述べている。一部、抜粋したい。

台湾は常に「親日」という修飾語を冠され、あたかも和解の課題とは遠く隔たり、甚だしく異なる存在のようである。「親日」は、そのまま日本植民統治に対する台湾の歴史評価であるかのように見なされ、各種の言論空間に氾濫している。「親日台湾」は固有名詞として、「反日韓国」「反日中国」とは対極的な存在とされている。このように単純化された図式は、今

> 日の日本社会において、歴史問題をめぐる東アジア諸国の立場を認識する枠組みとして常用されている。過去の歴史に対する台湾人の「非批判的な語り」をいかに理解すべきであろうか。一九〇〇年代以降の日本社会では以下の四つのタイプの解釈が見受けられる。第一の解釈は、「親日」を日本植民地統治の正当性の証と見なすものである。（中略）第二の解釈は、国民党統治という台湾人の戦後経験に着目するものである。（中略）第三のタイプは、台湾人の戦略によるという説明である。（中略）第四のタイプは、ライフ・コースの観点から、戦前世代が自らの青春の記憶を懐かしみ、ある種のノスタルジアの表出として「親日」をとらえる立場である[143]

さらに続ける。

> 複数の世代間に走る記憶の断層は、台湾における五一年間の日本植民地統治、そして一〇〇年来の政治変動の歴史的産物であった。日本の植民地支配に対する台湾社会の歴史評価は複雑で幾重にも枝分かれしており、単純

な植民地批判には収斂していかない。だからといってこのような「非批判的な語り」を安易に「親日」に結びつけるのは避けるべきだろう。「われわれの過去」を明快に語れない苦しみそのものが、数世代にわたり刻印された植民地主義の傷痕であり、和解はこうした他者の歴史を理解して初めて可能となるであろう。[144]

一部の日本語人の「非批判的な語り」を「台湾」という大きな主語に置き換え、創られた植民地肯定の語りから、どのように脱却するのか。洪郁如は、あとがきで、「「もう一つの日本時代」を提起することは、告発でもなく、糾弾でもない。日本と台湾の間には、戦後の民間社会の交流の中で一歩一歩、着実に築き上げてきた信頼関係があるからこそ、これからも互いの過去の歴史に向き合い、理解を深めるという、本当の意味での和解が実現できると信じている[145]」と記している。

理解するための鍵は、歴史を直視することももちろんだが、現在の台湾における日本統治期への眼差しとその変遷については、個人の物語として、日本統治時代に向き合い、表現し続け、その社会をアーカイブしてきた台湾文学も道標となる。

第5章

ダイバーシティな台湾文学の表記と翻訳の困難

台湾文学は何語で書かれているのか、戦後の中国語の作家と読者の量産計画と中国語では表現し得なかったもの

「台湾文学は何語で書かれているの？」と質問すると、「日本文学だと日本語だから、台湾文学だと台湾語？」という答えが返ってくる。だが、本書を最初から読み進めてくださっているみなさんはご存じの通り、台湾は、移民国家であり、その時代の統治者により「国語」が変更された歴史を持つため、台湾文学＝台湾語のような単純な図式は成り立たない。

台湾の話し言葉は、左の表「6歳以上の台湾籍永住者の家庭での使用言語特性調査」（2010年）[146]（複数選択可）によると、以下の通りである。

中国語83・5％、台湾語81・9％、客家語6・6％、先住民諸語1・4％、その他2％となっている。戦後、「国語」とされ、60年以上も教育言語であった中国語が多く話されているのは当然のことだ。だが、意外にも話し言葉としては、各世代ともに台湾語も存在感を示し続けている。特に65歳以上は、中国語よりも圧倒的に台湾語を話す人が多い。

		6歳以上台湾籍永住者	家庭で使用する言語の延べ数（人口100人あたり）				
			中国語	台湾語	客家語	先住民諸語	その他
	総計	21,407,235	83.5	81.9	6.6	1.4	2.0
年齢別	6-14歳	2,418,610	96.0	69.7	3.8	1.0	0.8
	16-24歳	3,146,521	94.9	78.6	4.8	1.3	1.0
	25-34歳	3,799,930	91.9	83.2	5.6	1.3	1.8
	35-44歳	3,531,622	90.4	84.1	6.4	1.5	2.3
	45-64歳	6,068,715	78.9	86.3	8.1	1.5	2.6
	65歳以上	2,441,837	45.3	81.7	10.1	1.3	3.1
学歴別	小学校卒	4,867,888	61.5	81.6	6.9	1.9	2.0
	中学校卒	3,517,932	80.8	83.7	6.6	2.0	1.9
	高校卒	6,030,372	89.5	83.4	7.3	1.4	1.7
	大学卒以上	6,991,043	95.1	79.8	5.9	0.6	2.4

6歳以上の台湾籍永住者の家庭での使用言語特性調査（2010年）

台湾の選挙においても、台湾語は欠かせない。2008－2016年に総統を務めた中国国民党の馬英九《マー・インジウ》（ば・えいきゅう、1950－）は、香港生まれの外省人であり中国語が母語でありながら、台湾語、客家語を習得し、時に演説でも使用した。馬英九が2012年の総統選挙に立候補した際のCMでは、彼の台湾語教師、客家語教師も出演し[147]、馬英九がいかに台湾語、客家語を熱心に勉強して習得したのかを語っている。

188頁のグラフは、子どものころ最初に話した言語を調査した結果だ。[148]台湾語が最も多く47％、2位は中国語

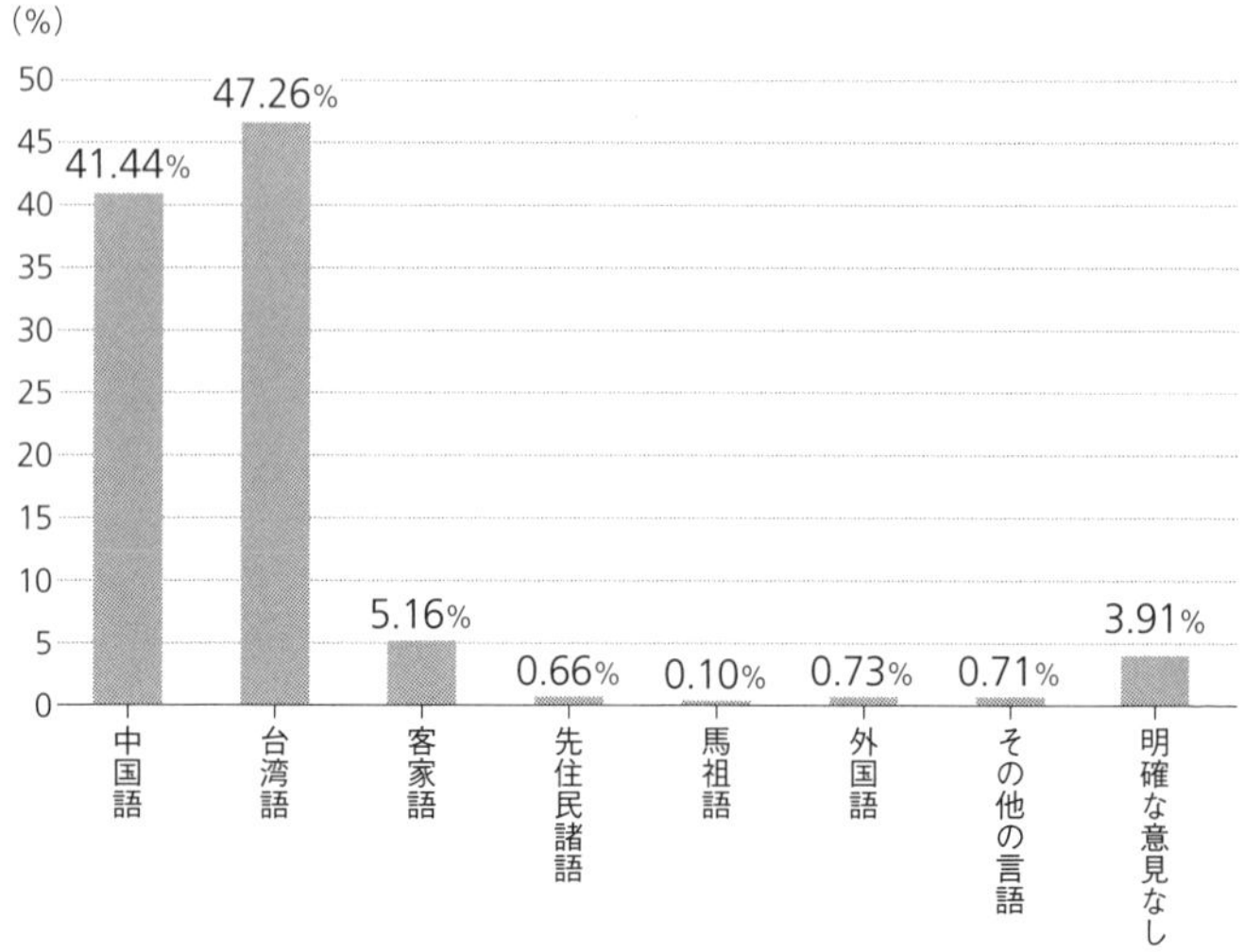

こどものころに最初に話せた言語（2020年）

41％、3位が客家語5％である。多文化台湾の総統候補として、台湾語、客家語を話せること、および台湾語や客家語を母語とする人々への姿勢を表すことは、深い政治的意味を持っている。同時に、集票のために必要なスキルでもある。

先述したように書き言葉は、圧倒的に中国語が使用されており、台湾語は話し言葉中心で、一部の人しか書いたり読んだりできない言語だ。つまり、台湾文学はほぼ中国語で書かれている。

では、中国語はどのように圧倒的な書き言葉となっていったのだろうか。台湾史研究者の何義麟によると、戦後台湾の言語紛争には二つの対立点が見られるという。一つは中国語と日本語という二つの国語の対立問題、もう一つは国語（中国語）と方言（台湾語と客家語）との競合関係だ。[149]

中国語推進第1段階（1940年代）は、日本語NG、台湾語OKだった。台湾における中国語の普及計画は、第4章でも述べたように、日本敗戦前の1943年のカイロ会談後に蔣介石が設置した台湾調査委員会（主任委員：陳儀）によりすでに作成されていた。日本語教育は奴隷化教育であり、台湾接収後は、中国語を普及させ、日本語を排除すべきと記されている。[150] 日本が敗戦し、中華民国に接収された後の1946年に設置された台湾省国語推行委員会作成の「台湾省国語運動綱領」の第一項には「台湾語を復元し、方言との比較によって国語を学習する」とある。つまり、戦後初期は、中国語を推進するために、日本統治期の「国語」であった日本語は排除されつつも、台湾語はむしろ歓迎されている。こうした状況下、中国語学習は台湾人に歓迎されたという。例えば、医学界と政界で活躍した韓石泉（かん・せきせん、1897－1963）は、当時のことを次のように記している。

天皇が突然降伏を宣言した……（中略）……台湾の人々は得意然となって喜びに湧き、日本人に侮辱された者はこの機に乗じて報復しようとした。以前は我こそが法なりと闊歩していた刑事と巡査は今では一番ひどく罰せられ、中でも経済警察がひどかった。虎の威を借る狐であった台湾人の下級官吏も難を逃れることはできなかった。……（中略）……一般民衆は、提灯を吊るし、楽を奏で、爆竹を鳴らし、旗を掲げ、ビラを貼った。その歓びの声は天に轟き、五十年のあいだ鬱積された憤りは、堰を切ったように一気に溢れ出し、余すところなく放出された。式典や奉迎行列を目にするたび、どれもこれまで見たことがないほどの熱狂ぶりだった。今思うに、隔世の感を禁じ得ない。

戦後すぐのころ、人々は中華民国の国歌の練習や国語学習に自主的に参加した。中でも四、五十代の者は特に熱心であった。私は日本統治時代に多少古典中国語の基礎を学んでいたため、戦後は人に遅れをとるまいと復習を始めた。三カ月後に中国語で演説するという目標をたて、実際にその目標を実現した。[151]

韓石泉も「戦後すぐのころ、人々は中華民国の国歌の練習や国語学習に自主的に参加した」と言及しているように、戦後直後の台湾での中国語学習への熱意は驚くほどで、至る所で国語講習会が開かれたそうだ。[152] こうした中国語学習熱が続けば、数年で言語による脱植民地が完成したかもしれない（再植民地化というべきかもしれないが）。だが、二二八事件（詳しくは38頁参照）、極度のインフレや外省人官員の横暴などにより、台湾社会の国民党政権に対する不満や反感が募り、台湾の人々の中国語学習の熱意は徐々に冷めていったという。[153]

中国語推進第2段階（1950－1960年代）は、日本語はもちろん、台湾語もNGになった。1949年に中華民国は政府機能を台湾に移転、戒厳令が施行された。国民党政権は台湾社会を中国化していく。教育庁が「すべての学校の授業は中国語を以て行い、方言の使用を禁止する。教員と生徒は必ず中国語で話すこと。国語の程度の低い教員は任用しない」と通達を出した。[154] その後、教員、学生は何処でも中国語を使わねばならず、方言（台湾語・

客家語など）を使用した違反者は懲罰を受けることになった。言語の不統一は民族の団結に悪影響だと危惧され、さらに中華人民共和国の文化大革命（１９６６－１９７６）に対抗し、台湾では１９６６年に中華民国こそが中華文化の正統な継承者であるとして中華文化復興運動が展開されていく。中国語の正統性はより強調され、中国語化が一層推進されていった。

一方、文学の世界では、中国語作家、中国語読者の増産が試みられていく。国民党は大陸で共産党に敗北した要因の一端が文芸政策の軽視にあったと考え（国民党とともに台湾に渡った作家たちが生存戦略としてそのように仕向けたのかもしれない）、文芸政策を重んじ、反共文学を推進する中華文芸奨金委員会を１９５０年に創設、その後、作家たちの協会である中国文芸協会を設立した。[155] 当時、中華文芸奨金委員会の文学賞を受賞すると生活に困らないくらい多額の奨金が授与されたという。さらに台湾の若者エリート国民党幹部養成のために１９５２年10月31日（蔣介石の誕生日）に創設された中国青年反共救国団（主任は蔣経国、ちなみに蔣経国が１９６７年に来日して以降、救国団と自由民主党青年局は両国の窓口機能も果たしており、１９７２年の断交後も毎年の相互訪問は続いている）は、翌年、中国青年写作協会（以下、作協と略す）を設立した。

1966年の資料によると、大人たちの作家協会である中国文芸協会会員の9割が外省籍作家であるのに対し、若者たちの作家協会である作協は、台湾省籍者が約7割、外省籍者は約3割であり[156]、本省人が圧倒的に多い。作協は、反共を謳うことで大規模の予算を以て活動することが可能であり、第3章で触れた文学キャンプを主催したほか、救国団の機関誌『幼獅文藝』の発行、さらに全国の救国団の地方支部や中高も『〇〇青年』（例えば、苗栗県は『苗栗青年』）、台北市立第一女子高級中学は『北一女青年』など）と呼ばれる文芸雑誌を発行し、全員が強制購読（現在は不明）させられたという。

地方支部『〇〇青年』には、自由投稿形式と国文の作文の授業の優秀作品が掲載されていた。国文の授業や教員とも連動、協力しながら、中国語で創作された多数の文芸作品が『〇〇青年』に掲載された。作品が掲載されることは、生徒たちにとっても誉れであり、文芸創作という行為に、個人的な趣味以上の価値、つまり学歴などと同じような文化資本としての価値を付与していった。とりわけ、言語の転換により親から受け継げる文化資本が限られた戦後第一世代の本省人青年にとって、学校の影響力が如何ほどだったかは想像に難くない。

反共が形骸化した後も、中高生の文芸創作の発表メディアとして『○○青年』は、今も発行され続けている。こうして、中国語による文芸創作は、反共という大看板のもと、救国団、救国団地方支部、学校、国文の授業と連携しながら行われ、大量の中国語創作者と読者が量産されていったのだった。

反共という国策および学校教育の力を以て、中国語は正に「国語」となっていった。一方で、方言とされ迫害された台湾語は、特に南部において、家庭、地域コミュニティーなど公的な場以外で使用され続けた。そして、迫害されたが故に、民主化運動の過程で、台湾語は（中国ナショナリズムに対しての）台湾ナショナリズムと結びつき、台湾アイデンティティを持つ「われわれ」の言葉として、政治的意味合いを持ち始め、後に選挙での必須言語となった。

さらに民主化後、1990年の林強《リム・ギョン》の台湾語ロック「向前走（前に向かって）」の爆発的な流行、さらには1993年にケーブルテレビ法が制定されたことによる多チャンネル化により、台湾語放送も増え、台湾語は、若者の中でもかっこいい「われわれ」の言葉となっていった。

では、現在も家庭において、81・9％も話されている台湾語を文学はどのように表現していったのか。

言文不一致の台湾の現実社会をそのまま書き表すことは可能なのか

日本における台湾文学の台湾語の翻訳については、倉本知明の優れた研究「現代台湾文学における台湾語エクリチュールの日本語翻訳に関する比較検討」（『日本台湾学会報』第25号、2023年）をぜひお読みいただきたい。本節では同論文を参照しながら進めていく。

倉本知明によれば、台湾の中国語文学において、台湾語エクリチュールに大きな変化が訪れた時期は大きく分けて三つあるという。第1期は第4章でも触れたように日本統治期の1920年代の新文学運動期だが残念ながら成就しなかった。第2期は、戦後の1960年代中期から1970年代後半の郷土文学運動期、そして第3期は第4章でも触れた郷土言語教育が制度化された2000年代以降である。[157]

戦後は、中国語が文学創作の言語だった。だが、黄春明、王禎和、宋沢莱など郷土文学の作家たちは、1960年代以降、中国語による創作を中心に活動していたものの、会話や単語の一部に台湾語を使用することによって、台湾の現実をよりリアルに描こうとした[158]。

例えば、1967年に発表された王禎和「鹿港からきた男」は、難聴の車引きが、鹿港から来た男に妻を寝取られる物語だ。基本的に中国語で書かれているが、会話文の一部に台湾語が使用されている（以下、下線部は台湾語、および台湾語の日本語訳）。

――この野郎か。平気さ。やつの耳が聞こえたら、こんなことにはならなかったんだ[159]

――是這臭耳郎咧！不怕他。他要能聽見，也許就不會有這種事！

（王禎和「嫁妝一牛車」彭瑞金編『國民文選―小說卷3』玉山社、2004年、260頁）

「臭耳郎」は難聴を表す台湾語である。作中には「失聰」といった聴覚障害を表す中国語も使われているが、会話では、台湾的な色彩を作品に加えるために台湾語の語彙を嵌め込む郷土文学の文体が採られている。[160]

黄春明《ホアン・チュンミン》（こう・しゅんめい）が1969年に発表した「銅鑼」は、銅鑼を叩いてニュースを町中に知らせて回る男が、スピーカーつきの三輪車の出現に仕事を奪われていく様を描いている。

小説「銅鑼」も基本的に中国語で書かれているものの、台湾語の語彙や文が計173か所も使われているという。[161] 名詞が最も多く、日常で使われる単語が台湾語として表記されているほか、[162] 台湾語の罵り言葉「幹伊娘（チクショウ）」[163] は5回も登場している。「銅鑼」は、全12章に分かれており、台湾語の諺が小見出しとなっている章もある。例えば、小見出しである「一支草一點露（捨てる神あれば拾う神あり）」[164] が、会話中にもそのまま用いられている。

――諺ってのはその通りだなあ。捨てる神あれば拾う神ありつうのはその通りだぜ。[165]

——俗話說的實在一點也不假。「一支草一點露。」幹！真是「一支草一點露。」

（黄春明『莎喲娜啦・再見—黄春明作品集3』聯合文學、2009年、電子書）

こうした台湾語をどのように訳すのか、台湾語の日本語訳にはいくつかの傾向がみられるという。詳しくは、先述した倉本知明「現代台湾文学における台湾語エクリチュールの日本語翻訳に関する比較検討」をご参照いただきたいが、以下に一部を紹介する。

①べらんめえ口調

べらんめえ口調は、台湾文学邦訳萌芽期の1980年代、中村ふじゑ、若林正丈が採った方法である。宋沢萊の小説「筌仔《シンア》と貴仔《クイア》の物語―打牛湳村」（若林正丈訳、研文出版）は、タイトルにすでに台湾語の固有名詞が入っている。また、若林は固有名詞の台湾語をそのまま残し、台湾語の読みをルビで示している。筌仔の妻の会話を次のように訳している。

——へっ、かあちゃんよ、とうちゃんの財布ばかり見てもらっちゃ困るぜ。こんな梨仔瓜は台湾じゅうどこでだって買えるぜ。めずらしくもねえ！　なんでこれ以上出せるもんか？[166]

——嗨，憨查某，眼睛都放在你丈夫的口袋裡，這様的梨仔瓜走遍全省買得到不稀奇呀！還加甚麼價？

（宋澤萊「打牛湳村」郭風編『台灣當代小説精選４－１９４５－１９８８』新地文學出版社、１９８９年、57頁）

この会話では「憨査某」「梨仔瓜」二つの単語のみ台湾語が使われている。だが日本語訳では、単語のみならず、台湾語のニュアンスを表すためか、語尾などにも「〜よ」「〜ぜ」「〜ねえ」といったべらんめえ口調が使われている。べらんめえ口調は、「江戸の下町で、職人などの間で用いられた、巻き舌で荒っぽく威勢のいい口調[167]」のことを指し、階級の差異を表しながらも、日本語話者ならおそらく皆が理解できる方言だ。公的な中国語とは異なる、私的で大衆的な台湾語のニュアンスを表現したと思われる。

べらんめえ口調訳は、197頁の垂水千恵（黄春明「銅鑼」）、池上貞子（王禎和「鹿港からきた男」）、三木直大（王拓「金水嬸」）にも引き継がれていく。[168]

②関西弁

台湾語が関西弁に訳されたのは、おそらく、2002年に日本で翻訳出版された鍾肇政《ジョン・ジャオジョン》（しょう・ちょうせい）の短編小説「阿枝とその女房」が最初であろう。大阪生まれの松浦恆雄の訳による。鍾肇政は客家であるせいか、「阿枝とその女房」の会話部分には、ほんの一部しか台湾語が使われていない。以下は、阿枝と恋仲にある阿完を阿完の夫が連れ戻しに来た時の会話である。

――戻らへん言うたら戻らへん

――このアマ、戻らへんねやったら殴り殺したる[169]

――不回去就不回去・

――幹你娘！不回去我揍死你・[170]

この会話のなかで台湾語が使われているのは、阿完の夫のせりふ「幹你娘」だけである。だが、本作では、台湾語を含む阿完の夫のせりふのみならず、台湾語を含まない阿完のせりふに至るまで、すべて関西弁で訳されている。わずかではあるが台湾語が用いられていることの意味を重視し、すべての会話は台湾語など方言での世界が展開されているはずだとの解釈からの訳であろう。

第1章でも取り上げた、2010年代に出版された郭強生《グオ・チアンション》の長編小説『惑郷の人』において、訳者の西村正男は、台湾語を関西弁に訳出している。さらに、日本統治期に日本兵としてフィリピンに出征し戦死した王敏郎が、戦後、幽霊として故郷に帰還した際に話すせりふを次のように関西弁に訳している。

――大正十二年、うちの親父はおじさんたちにくっついてチカソワンを通って花蓮にやってきたんや。日本の砂糖工場で働いたんやな。僕は昭和元年生まれの王敏郎《オン・ビンロン》。上に小児麻痺の兄が一人と、姉が一人おったけど、姉はお産の時に死んだんや。昭和十八年に僕は徴兵されて、十九年にフィリピンで重傷を負って意識を失ってん。死体はずっと見つかってないんや。

（郭強生著、西村正男訳『惑郷の人』あるむ、121頁）

——大正十二年，我阿爸隨叔伯們行過七腳川來到花蓮落戶，在日本糖廠做工。我是昭和元年出生的王敏郎，上有一個小兒麻痺的哥哥，一個姊姊，後來生產時過世。昭和十八年我被徵兵，十九年在菲律賓重傷昏迷，屍體始終沒有被找到……

（郭強生『惑鄉之人』聯合文學、電子書）

ここでは、明確な台湾語は「阿爸」しか使われておらず、ほぼ中国語で書かれているが、日本統治期生まれの王敏郎が中国語を話せるはずはないので、台湾語と解釈し関西弁で訳したと思われる。王敏郎の名には、中国語読みの「ワン・ミンラン」ではなく、台湾語読みで「オン・ビンロン」とルビをふっている。

西村は、台湾語を関西弁で訳した理由について、「翻訳中に悩んだのは、どのようにして台湾の言語的複雑さを訳文に反映させるか、ということでした。具体的には、標準中国語（国語、マンダリン）といわゆる台湾語（閩南語、ホーロー語）をいかにして訳し分けるか、ということです。私は台湾語で話されたと考えられる台詞については、（私の母語である）関西弁で訳すことにしました。自分でもいささか冒険的すぎるのではないかと思ったのですが、いまのところ概ね良い反応を頂いており、胸をなでおろしている次第です」と述べている。[171]

③瀬戸内地方の方言

台湾語は瀬戸内地方の方言にも翻訳されている。瀬戸内方言に訳出した倉本知明は、香川県出身であり、母語による翻訳という点では、松浦、西村が関西弁を使った理由と同じである。

太平洋戦争末期に少年工として神奈川県の海軍工廠に従事した父の記憶を追憶する呉明益《ウー・ミンイー》（ご・めいえき）の長編小説『眠りの航路』（倉本知明訳、白水社）では、台湾語がテクストで重要な役割を担っている。郷土文学の文体のように文章の一部を台湾語に組み入れる方法ではなく、一部の文章全体を台湾語で記述する創作手法を採っている。呉明益は、台湾語を中心とした多言語エクリチュール小説を数多く発表しており、同作においても明らかに台湾語での記述を意図的に選択している点を考慮し、テクストに現れた台湾語を瀬戸内方言に翻訳した上で、一部単語に台湾語の発音ルビを打つといった翻訳法を採っているという。[172]

——米国《ビーコ》の飛行機《ホエリンギ》はいつ来るんじゃろ？　三郎が尋ねた。
——知らん《ンツァイ》。英子が答えた。[173]

——米國的飛翎機佇時來？三郎問・
——不知・英子回答・
（呉明益『睡眠的航線』二魚文化、２００７年、28頁）

アメリカは、中国語では「美國《メイグオ》」、台湾語では「米国《ビーコ》」となる。日本語に訳すと、いずれも同じ「米国」になってしまう。倉本は、中国語ではなく、あえて台湾語で表記した呉明益の選択を読者にも伝えるべく、「米国」に台湾語の音で「ビーコ」とルビを振っている。

倉本は、台湾語の翻訳に瀬戸内地方の方言を選んだ理由として、母語であること以外に、「関西弁などステレオタイプが浸透しているメジャーな方言ではないが、多くの標準語読者が「翻訳」なしで読み取れる方言である……（中略）……ステレオタイプ的な方言イメージから脱却するために台湾語の発音ルビをふって日本語訳された方言を再異化[174]」したと述べている。

確かに、べらんめえ口調や関西弁などは、すでにステレオタイプのイメージが付与されているかもしれない。倉本の訳は、ステレオタイプを回避したうえで、台湾語の音とイメージを二重に表現している。

④尾道弁

黄春明《ホアン・チュンミン》（こう・しゅんめい）のデビュー作「「城仔」下車」（西田勝訳、法政大学出版局）は、娼婦から外省人の軍人の妻となった娘の元へ、老婆が体の不自由な孫と慣れぬバスに乗って向かうものの、目的地を通り越し、難渋する様子を描いた作品だ。次の場面は、目的地を通り過ぎバスから降りたものの、体が不自由な孫が歩きたくなくなり、老婆が孫を叱る場面である。

——「放しんさい。婆ちゃんはお前を恨むで。ええ加減に放し。足手まといじゃからの」と婆さんは阿松の手を振り払おうとした。「この死にぞこないが、放せ、放さんか。歩かんと。わしをこがいに、きつう摑んで何をするんじゃ」どんなに婆さんがもがいても駄目だった[175]。

——「不要你碰我，我恨你。放開，你是累贅枷。」她要拋開他的手，「死孩子，放開，放啊！你不走抓我這麼緊幹什麼？」不管她怎麼掙也掙不開來[176]。

1961年の作品だからか、本作には、明らかな台湾語表記は使われていない。だが、「死孩子（孩子は中国語で子どもの意味）」など中国語の語彙になく、台湾語の「死囡仔（聞き分けの悪い子の意で子どもを罵るときに使う、囡仔は子どもの意味）」に由来すると思われる表現が使われている。訳者は、それを見逃さず、時代を鑑み、すべての会話を台湾語という当時の方言だと解釈して訳したのであろう。ちなみに西田が生まれ育ったのは静岡県だが、尾道地方の方言を使用しており、その理由を「農村を扱った作品については鄙びた感じを出したいため、話し言葉などを広島は尾道地方の方言風、(全くの方言だと却って読解困難となるため、どこまでも「風」に留めた)にした。この作業については谷本澄子さんの協力を得た」と述べている。[177]

「全くの方言だと却って読解困難となるため、どこまでも「風」に留めた」という西田の台湾語訳出方法は、倉本が、べらんめえ口調や関西弁などステレオタイプのイメージを纏った方言を回避した理由にもいささか重なる。

⑤ほぼ標準的な日本語

山口守は、黄春明「坊やの人形」の中に出てくる台湾語を方言としては訳しておらず地の文と同じく標準的な日本語で訳している。「坊やの人形」は、赤ん坊を育てるために、映画館の広告屋(サンドイッチマン)をして日銭を稼ぐ青年・坤樹とその妻の話だ。情けない青年の姿を見て訪ねてきた伯父に対する青年の気持ちを次のように表している。

——（もうとっくに伯父さんと呼ぶ必要はなかった。伯父だって？　くそったれめ）[178]

——（早就不該叫他大伯仔了。大伯仔。屁大伯仔哩[179]！）

「大伯仔」は伯父を表す台湾語であり、「屁」は軽蔑の意を表す台湾語で、ここでは「大伯仔」を修飾している。「大伯仔」は「伯父さん」と標準語に訳され、軽蔑は「くそったれ」（名詞）「め」（接尾語）の二つの語として表されている。この場合、「くそったれめ」は、べらんめえ口調ともいえるかもしれないが、少なくとも「必要はなかった」「伯父だって？」といった語尾は標準的な日本語で書かれている。

倉本は、侯孝賢の映画版『坊やの人形』（1983年）において、坤樹が一貫して台湾語を話しているにもかかわらず、山口がべらんめえ口調を使っては訳していない理由について、「山口はべらんめえ口調を使うことで生まれる「分かりやすさ」を避けているように見える」と分析している。[180]

三須祐介訳の陳思宏《チェン・スーホン》『亡霊の地』（早川書房）は、第1章でも紹介したが、主人公がゲイとして生きることへの抑圧から逃れるため、故郷の彰化県永靖を離れ、ベルリンに向かうものの、ドイツ人の恋人を殺してしまい、ベルリンの刑務所での刑期を終え、十数年ぶりの中元節に故郷の永靖に帰る場面から始まる。主人公の母は文盲である。ゲイである主人公を殴り以下のように台湾語と中国語を混用して罵る。

――変態、あのとき夢に花が出てこなかったんだから、推して知るべしだった。変態に生まれてきた、このろくでなしめが！[181]

――變態，彼時陣夢無花，就該知影，生到變態，袪捔！[182]

上述の会話の原文は「彼時陣夢無花」「知影」「袪捔」など半文以上が台湾語で記されている。「ろくでなしめが」はべらんめえ口調かもしれないものの「出てこなかったんだから」「知るべしだった」「生まれてきた」というように方言に訳出されがちな語尾はほぼ標準的な日本語に訳されている。

天野健太郎も台湾語を基本的に標準語に訳す訳者の一人だ。国際ブッカー賞候補にもなった呉明益《ウー・ミンイー》著『自転車泥棒』（天野健太郎訳、文藝春秋）は、失踪した父と同時に消えた自転車の行方を追いながら、台湾から戦時下の東南アジアへ、時空を超えて展開する壮大なスケールの長編小説だ。

台湾で２０１５年に刊行された後、英語、フランス語、韓国語をはじめ、９か国語に翻訳されている。例えば、自転車が家族の運命を変えたことを語る母親の言葉は、日本語、英語で次のように訳されている。波線部分は、原文になく翻訳者が加筆した部分である。

――鐵馬影響著咱一家伙的運命。」我母親常這麼說。…（中略）…當她用台語說「運命」的時候，我總會想起 這種語言還保存著的一種庶民信念：它把「運」擺在「命」前面。[183]

――鐵馬のせいで、家族の運命が変わった」――これがうちの母の口癖だ。……

（中略）……戦後世代の我々が標準語たる中国語で「命運」と呼ぶ概念が、母が日常的に使う台湾語で「運命《ウンミアー》」と発話されたとき、ぼくはいつも、この言葉がある種の庶民信仰のようなものをつないでいるように感じるのだ。つまりあくまでも「運」がまず先にあって、「命」はそのあとに続くしかないということに。（台湾語とはもともと福建省南部の方言で、台湾のエスニックグループのうち現在約七割の人が用いる言語。戦後台湾の標準語である中国語とは発音、文法、語彙において大きく異なる）[184]

——'Iron horses have influenced the fate of our entire family,' my mother used to say. …（中略）…The word for "fate" in Mandarin is composed of two characters, ming and yün, each of which is independently meaningful. Ming means the life we are each allotted, while yün means luck, but also to move and, sometimes, to turn. Ming is for a lifetime and has to do with karma, while yün is in the moment and has to do with timing. Put the two characters together and you get ming-yün 命運, or fate in Mandarin. But in my mother's native tongue of Taiwanese, it's the other way around: ūn-miā 運命, putting luck in front of life.[185]

原文では「運命」については台湾語のみの記述だが、日本語訳、英訳いずれも、中国語での「運命」の意味について、まず解説したうえで、台湾語の「運命」の意味について説明している。さらに、日本語訳は「ウンミアー」、英訳は「ūn-miā」と、原文にはない台湾語の音についてもわざわざ記載している。さらに邦訳では台湾語がどのような言葉か中国語と比較しながら（ ）内に注記している。通常、中国語を日本語に訳した場合、文字数は、1・3倍に増えるといわれるが、ここでは約3倍になっている。英訳も3倍以上になっている。[186]

このように、台湾語の邦訳は、少なくも、①べらんめえ口調、②関西弁（訳者の母語）③瀬戸内地方の方言（訳者の母語）、④尾道弁方言イメージ、⑤ほぼ標準語（一部べらんめえ口調）に大別することができる。他にも若者言葉や老人言葉など役割語による翻訳も試みられている。

現状では、台湾語の日本語訳には定訳がなく、規範化されていない。これは台湾語を日本語に翻訳することの困難を表していると同時に、いまだ正解がない状況にあり、模索中であることを物語っている。

国立台湾大学文学院で英文翻訳を研究し、ハーマン・メルヴィル『白鯨』などの訳者としても知られる陳栄彬《チェン・ロンビン》に、英語における台湾語の翻訳の状況について質問したところ、英訳も状況は同じであり、台湾語を異化して訳す訳者もいれば、そのまま中国語と区別なく訳出する訳者もいるとのことである。

台湾以外の国に台湾語の特殊性を伝えることは至難の業である。さらに台湾社会においてもここ数十年間で台湾語の位置づけも変わった。台湾語は、戒厳令下、国語として正統である中国語に対して、非正統な方言だとみなされていた。一方、民主化後は、台湾アイデンティティを表す言語として見直され、さらに数種類ある台湾の言語のひとつとして相対化されていく。正統／非正統といった差異ではなく、言語としての差異を翻訳にどのように表現していくことが最適解なのか。翻訳者たちの模索と苦悩は続く。

天野健太郎訳『歩道橋の魔術師』をもし松浦恆雄・西村正男（関西弁）、倉本知明（瀬戸内方言）、山口守・三須祐介（標準語）が訳したら？

２０２３年、呉明益《ウー・ミンイー》の短編小説「歩道橋の魔術師」が、明治書院の国語教科書『文学国語』に採用された。台湾文学が日本の国語教科書に採用されたのは、私が知る限り初めてである。国立台湾文学館にも質問したところ、日本以外の国を含めてもおそらく最初なのではないかとの回答が返って来た。

呉明益は、１９７１年生まれ、１９９７年に作家デビュー。現在は花蓮にある国立東華大学で教鞭を執り、文芸創作を教えながら、創作活動を続けている。２０１１年に刊行された短編小説集『歩道橋の魔術師』をはじめ、『複眼人』（小栗山智訳、KADOKAWA）、『自転車泥棒』（天野健太郎訳、文藝春秋）、『雨の島』（及川茜訳、河出書房新社）、『眠りの航路』（倉本知明訳、白泉社）がすでに日本で翻訳されている。日本以外の国においても多く翻訳されており、現在、最も世界的に評価されている台湾の作家だ。

呉明益は、静かな筆致に熱さを秘めたような美しい文体で、記憶、歴史を描きながらも、それらに立脚して台湾の主体性を創造しようとする郷土文学的なものではなく、多様な視点から幻想的に描くことで、アイデンティティを揺るがし、記憶の深部に入り込み、余韻を残していく。『複眼人』『雨の島』では、環境への関心を、自然への畏敬の念を込めた神話のように見事なイマジネーションで描き出した。

「歩道橋の魔術師」の舞台は、1980年代の台北の西門町にあった「中華商場」という大型ショッピングモールだ。そこで「ぼく」は幼少期を過ごし、そこに突如として現れた魔術師に魅せられる。

本作では、母親が「ぼく」を叱るせりふ、子どもたち同士が仲間同士で話す会話の一部、登場人物のニックネームが台湾語で記されている。だが、教科書に掲載されている天野健太郎訳の登場人物は、ほぼ全員が標準語で話す。唯一、母だけが基本的には標準語で、文末のみ一部べらんめえ口調で話している。

例えば、「歩道橋の魔術師」の冒頭は次のように始まる。

――母さんはよく、「稼いでくる子供ってのは、なかなかいねえなぁ」と、ぼくに言った。つまり暗にぼくを非難していたのであり、さらにいくばくかの嘆きが含まれていた。もっとも、この嘆きを聞くようになったのは十歳を過ぎてからで、それまでのぼくはなかなか商売が上手かったらしい。[187]

——我媽常說「生理囝歹生」，這是她對我的隱藏式評價，小小的遺憾。但這樣的遺憾並不存在我十歲以前，因為十歲以前，據說我是很會做生意的。[188]

「生理囝歹生」は、台湾語の諺で、商才のある子を産むのは難しいという意味だ。「歩道橋の魔術師」のオーディオブックを確認したところ、「生理囝歹生」は台湾語で読み上げられ、中国語とは明らかに区別されている。[189]

母親のせりふは、すべてが方言で翻訳されているわけではなく、語尾のみ「〜ってのは」および「いねぇ」というように、べらんめぇ口調が採用されている。べらんめぇ口調は、おそらく日本のほぼすべての高校生が解せる方言だろう。

「稼いでくる子供ってのは、なかなかいねえなぁ」という母親のせりふを読んで、読者は、なかなか荒っぽい威勢のいい母親だと思い、その要因はおそらく母親の性格や階層に起因するものだと判断するに違いない。

もし松浦恆雄や西村正男が訳したなら、一文目はおそらく次のように訳される。

――母さんはよく、「稼いでくる子どもは、なかなかおらへんなぁ」と、ぼくに言った。

読者は、母親の口調は関西弁のように地域性に起因するもので、母親は地方出身者だと受け止めるだろう。もしかしたら、関西弁にお笑い芸人のステレオタイプイメージを持つ読者がいたなら、母さんは、お笑い芸人、もしくはユーモアにあふれた面白い人だと思うかもしれない。あるいはお金の話題だけに、商売人のイメージを抱くかもしれない。

もし倉本知明が訳したなら、瀬戸内方言に訳したうえで、「生理団歹生」に台湾語の音をルビとして振るに違いない。

——母さんはよく、「稼いで《シンリー》くる子ども《ギンナー》は、なかなかおらん《パイシン》ね。」と、ぼくに言った。

読者はおそらく、ルビを見て、この母親のせりふを、ほかの文とは異質の特別な言語だと受け取るだろう。もし台湾に詳しい読者なら、これは台湾語だとすぐに理解するに違いない。

もし山口守や三須祐介が訳したなら、次のように標準的な日本語で訳すと思われる。

——母さんはよく、「稼いでくる子どもは、なかなかいないね」と、ぼくに言った。

読者は、母親の言葉の意味を、すんなりと理解し、躓くことなく読み進めつつも、台湾語は不可視化される。

一体、台湾語はどう訳すのが良いのだろうか。私には答えは出せないが、各翻訳者の飽くなき挑戦に敬意を表したい。

新しい台湾文学の文字表記を模索する呉明益・甘耀明・楊双子・温又柔・李琴峰と翻訳の可能性と不可能性

呉明益『自転車泥棒』――台湾語のローマ字表記の日本語訳

2015年に刊行された呉明益《ウー・ミンイー》『自転車泥棒』(天野健太郎訳、文藝春秋)の原文には、台湾語の漢字に、台湾語の音を書き加え、台湾の多言語を音としても表現している箇所がある。これは2011年に刊行された「歩道橋の魔術師」には見られなかった表現であり、呉明益が、台湾の多言語状況を小説においてどのような文字表記を用いて表現するのが最善なのか、挑み続けている様子がうかがえる。ではこうした多様な文字表記を翻訳はどう伝えるべきなのか。まず、呉明益の台湾語の表記と天野健太郎の訳を例として見ていこう。

——日本統治時代・台湾の大衆史研究者には自明だろうが、あのころの自転車は今のメルセデス・ベンツ——いや、一戸建ての家に匹敵するほどの価値があり、盗まれたら当然、新聞に載るほどのおおごとだった。だからこの盗難事件は祖父の頭にこびりついて生涯にわたって剝がれぬほどの感慨を持たせた。「オレが生まれたあの年、鐵馬を盗まれる金持ちがもういたんだ。心底うらやましい」

（呉明益著、天野健太郎訳『自転車泥棒』文藝春秋、2018年、19頁）

——研究日治時代庶民史的人或許會知道，彼時一台自轉車就像一部賓士車，不，就像一棟樓房，被偷的話是能被登到報紙上的要緊事。而這個竊盜新聞讓我外公一生如斯感慨：「我出世彼一年，竟然已經有人有鐵馬予人偷提（thau-thh），真正使人欣羨（him-siān）。」

（呉明益『單車失竊記』麥田、2016年、14頁）

「偷提（thau-thh）」は「盗む」、「欣羨（him-siān）」は「うらやましい」という意味の台湾語だ。呉明益は台湾語の音も書き記している。だが、天野健太郎の訳では、ほかの中国語の訳と同じく「盗まれる」「うらやましい」と訳されており、台湾語であることもその音も不可視化されている。

甘耀明『真の人間になる』――読みが確立していないブヌン語の日本語訳

音の表記を漢字表記の後ろにアルファベットで記す用法は、甘耀明『真の人間になる』（白水紀子訳、白水社）でも採られている。『真の人間になる』は、「三叉山事件」をモチーフに、ブヌン族の少年ハルムトの成長を描いた物語だ。三叉山事件は、１９４５年9月、台湾の中部にある三叉山に米軍機が墜落し、日本人と台湾人により結成された救助隊が向かったものの、直後に台風が島を襲い、救助隊26人と米軍機に乗っていた米兵ら25人が死亡した事件である。本作では、中国語・台湾語・客家語・日本語・英語・ブヌン語が使用されている。以下の抜粋部分は、ブヌン語が使用されている場面だ。白水紀子の訳と甘耀明の原文を比較しながら確認しよう。

――ガガランは言った、名前には霊の力があり、人に呼ばれるとよみがえる。川は緩慢を好むので、力のこもった名前を着てようやく逆流して上ることができる。だから小百歩蛇渓は上れば上るほど高くなり、激しい水の音を霧鹿霧鹿《プルプル》（bulbul）と発して谷を突き抜け、そこで我々霧鹿部落が生まれた。ほどなくして小百歩蛇渓はタイワンビワ（Lidu）で険しい山登りの息切れを治療して、そこにもう一つ部落ができた。その後、川は二手に分かれ、一つは石灰の多い（Halipusu）ところを突き進み、もう一つは狭い谷（Masaboru）を切り開いたので、川にその名前が付いた。[190]

——嘎嘎浪說，名字有靈力，受人呼喚而甦醒。河流喜歡緩慢，穿上有力量的名字才能逆流往上，於是小百步蛇溪越爬越高，發出激烈的水聲霧鹿霧鹿（bulbul）穿開山谷，創造了我們霧鹿部落；不久小百步蛇溪用野枇杷（Lidu）治療激烈爬行的氣喘，有另一個部落；接著河流有了抉擇，要鑿過多石灰（Halipusu）地方，還是鑿過狹谷（Masaboru）而得名（甘耀明『成為真正的人』寶瓶文化、２０２１年）。

原文の漢字表記の後に（　）で付されているブヌン語の音は日本語訳でも同様

に記されている。翻訳者の白水紀子はブヌン語のルビに関して以下のように述べている。

ブヌン語のルビに関しては、原文でアルファベット表記のみの箇所はルビを振らずに同様に記した。また著者がアルファベット表記に中国語で発音をつけている箇所は、そのアルファベットの読み方が、中国語や日本語で複数存在するため、訳者の判断でその中の一つを選び、著者がつけた発音とは必ずしも一致しない。ブヌン語の録音が存在するものはできる限り探して聴いてみたが、一度ある単語を複数の人に聴いてもらったところ、それぞれ聞こえ方が違っていて、ブヌン語の発音を正確に中国語や日本語で表記するのは容易ではないことを実感した。なお部落名や地名などは戦前の日本語資料にある読み方を優先させた。例えば部落名の「霧鹿」はウル、ブル、プルの読みが確認されたが、そのうちプルを採用したのはこれによる。[191]

ブヌン語の日本語訳について、まず作家の表記を尊重したうえで、「霧鹿霧鹿《プルプル》（bulbul）」のようにカタカナでルビを表記する単語と、「タイワンビワ（Lidu）」のようにルビを付けない単語とに分け、さらに戦前の日本語資料も調査したうえで、「霧鹿霧鹿《プルプル》（bulbul）」のルビ表記「プルプル」を確定したという。なんと気の遠くなるような翻訳行程であろうか。台湾の現実を反映した多言語表記への努力と作家の挑戦には感嘆するものの、それゆえの多言語の翻訳の困難さは想像を絶する。

楊双子『台湾漫遊鉄道のふたり』——台湾語を書かない

楊双子『台湾漫遊鉄道のふたり』については、すでに第1章で紹介した。食いしん坊の青山千鶴子が台中駅に到着すると、台中のあらゆる匂いが新しいものとして千鶴子に押し寄せてくる。次に迫ってきたのは、匂いではなく音である。

——人々が喋る、私には聞き取れないこの島の言葉も、こちらに迫ってきた。

「××××××、××××××××、××××××××？」

（楊双子『台湾漫遊鉄道のふたり』三浦裕子訳、前掲、15頁）

――一同湧過來的，還有人潮裡那些我聽不懂的島嶼語言。

「××××××，×××××××，×××××××？」

（楊双子『臺灣漫遊錄』春山出版、２０２０年、22頁）

台湾語は「聞き取れない島の言葉」として、「××××××」と表されている。「、」や「?」で、音やニュアンスは表現されながらも、意味は理解できない、聴き取れないということを、あえて文字表記をしないことで表現している。

なお、近代日本語文学研究者の和泉司は読後、台湾語の会話を「××××、××××！」と伏せ字にして聞き取れなかったことを表す方法は、すでに佐藤春夫が台南を舞台として書いた小説『女誡扇綺譚』（１９２６年）で試みており、『台湾漫遊鉄道のふたり』には、こうした技法のみならず内容においても『女誡扇綺譚』へのオマージュがあるのでは、と話していた。

温又柔『真ん中の子どもたち』——日本語＋多言語作品の台湾版翻訳

続いては、逆バージョン、つまり原文が日本語でかつ多言語表記が用いられた作品が、台湾版（繁体字中国語など）に翻訳されたらどうなるのか見ていきたい。

温又柔《おん・ゆうじゅう》『真ん中の子どもたち』（白水社）は、台湾人の母と日本人の父の間に生まれ日本で育った琴子が、上海の語学学校に留学し、同じく日台ハーフである呉嘉玲、中国人の両親を持ち、日本で生まれ育った龍舜哉と出会い、「母語」とは？「国境」とは？と悩み友情を深めていきながら、日本、台湾、中国の間で、自らのことばを模索する物語だ。

それだけに、中華人民共和国で使われている簡体字中国語とアルファベットを使った拼音《ピンイン》（pinyin）発音表記、台湾で使われている繁体字中国語と注音符号《ちゅういんふごう》（ㄓㄨˋ ㄧㄣ ㄈㄨˊ、ㄏㄠˋ）発音表記、台湾語など様々な表記が用いられている。本作は芥川賞候補作となり、台湾でも中国語版が郭凡嘉の翻訳で２０１８年に刊行されている。

琴子の母は、台湾語と日本語、中国語を混用する。次の場面は、琴子の母親が日本語と台湾語を混用する場面だ。

——母が日本に帰化してからもう八年が経っていた。十九歳の私には充分長く感じられる月日なのだけれど、

「まだ八年？カナ、チョ・グー（もっと前みたいなのに）」

母自身はそんなふうに驚く。[192]

——我扳著手指數，母親歸化日本國際已經八年了。對於十九歲的我來說，實在是段很長的歲月。但是母親自己卻很驚訝：

「才八年啊？敢若真久（感覺是更久以前的事了）[193]。」

日本語原文では、琴子が聞いた母の台湾語の音をカタカナで「カナ、チョ・グー」と記され、後ろの（　）に日本語の意味が記されている。郭凡嘉の訳では、「敢若真久」と台湾語が漢字表記され、（　）に中国語で意味が付されている。

次の場面では、琴子の母方の伯父（台湾人）の言葉に注目したい。

――明日、私は上海へ旅立つ。

――中国語を勉強する？　それなら、台湾に来ればいいのに。二十五年前の天原《Tiānyuán》みたいにさ！　そう言ったのは、私が舅舅《Jiùjiu》と呼ぶ伯父だ。台湾の親戚たちは父のことを、てぃえんゆぇん、と呼ぶ。[194]

――明天，我要出發到上海去了．

妳要學中文？那來台灣學就好啦．就像二十五年前的天原一様啊．
我的舅舅這麼說．
台灣的親戚都稱呼爸爸是天原（ㄊㄧㄢ ㄩㄢ）。[195]

伯父の言葉として語られる、琴子の父の苗字「天原《Tiānyuán》」には、中国で使われている発音表記（拼音）のルビ「Tiān yuán」がつけられている。その後、台湾の親戚たちの父の名の呼び方を、琴子の耳を通して「てぃえんゆぇん」とひらがなで繰り返している。一方、郭凡嘉の中国語訳では、台湾の伯父の言葉として語られる「天原」はそのまま漢字表記のみであり、琴子の言葉として繰り返される「天原」

の後ろには、台湾で使われる発音表記（注音符号）で「ㄊㄧㄢ ㄩㄢ」と読みが付されている。

郭凡嘉は、原文にあるルビは訳さなかった。だが、ひらがなの「てぃんゆぇん」については、漢字と注音符号を用いて意味と音の両方を伝えている。

李琴峰『彼岸花が咲く島』——作家自身による、作家自身にしかできない実験的な翻訳

続いて、李琴峰《り・ことみ》の作品を見ていこう。李琴峰は、作家デビュー4年後の2021年上半期に『彼岸花が咲く島』（文藝春秋）で芥川賞を受賞した。

記憶を失くした少女・宇実《うみ》が流れ着いたのは、ノロが統治し、男女が異なる言葉を学ぶ名前のない亜熱帯の孤島だった。そこは女性が治める島で、よそ者の宇実が島に留まることは許されないはずだが、「大ノロ」という最高位にある女性長老が、女性しか習得できない島の上位言語「女語」を学び、島史の継承者「ノロ」になることを条件に滞在が認められる。

作中では、現代日本語とほぼ同じである「女語」以外にも、日本語に中国語、

台湾語、琉球語が混合したクレオール語のような「ニホン語」（例：「リー、名字はなにヤー？」19頁）、さらにやまと言葉をベースとして、中国から来た漢語、漢字成分を排除して、英語を取り入れた言語である「ひのもとことば」（例：「うつくしい　ひのもとぐにを　とりもどすための　ポジティブ・アクション」15頁）の三つの異なる言語が使われている。複雑な島の歴史を立体的に可視化するとともに、新しい日本語の実験が行われている。

台湾文学研究者の垂水千恵は、呂赫若が１９４２年に発表した小説「風水」において、「風水《ホンスヰ》」「阿娘《アニウ》」など台湾語でルビをふった単語を用いたり、「台湾語で心を横に構へるといふ言葉があるが、その通り老人は縦にあった心を横にして置いたのである」という一節を取り上げ、呂赫若が当時の支配言語である日本語で表記しつつも、台湾語を意識した多言語状況に身を置いていた事例をあげて、李琴峰の最も新しい「日本語の試み」は、実は日本統治時代の台湾人作家、あるいは朝鮮人作家によってすでに行われており、李琴峰の試みがいわば「先祖返り」的行為でもあると述べている。[196]

では、李琴峰の最も新しい「日本語の試み」は、如何に、最も新しい「中国語の試み」として展開されているのか李琴峰自身による翻訳を見ていきたい。

次の場面では、「女語」（下線）、「ニホン語」（二重下線）、「ひのもとことば」（波下線）が使われている。


――游娜の方も、少女が話している〈ひのもとことば〉は自分が習っている〈女語〉にかなり似ていることに気付いたので、〈ニホン語〉が通じない時は〈女語〉に言い換えるようにしている。

「リー、名字《ミンズ》はなにヤー？」と游娜は少女に訊いた。

「ミンズ？」

「ミンズ」游娜は繰り返してから、〈女語〉に言い換えた。「名前ヤー」

「なまえ……」少女は考えてみたが、やはり何も思い出せない。「わからない」

「名字《ミンズ》無《む》は困るネー」


――另一方面，游娜也注意到少女所說的〔日之本言葉〕與自己正在學習的〔女語〕頗為相似，因此當少女聽不懂〔仁保尓語〕時，游娜也會改用〔女語〕嘗試對話。

「哩名前倭何？」游娜問少女。

「Míngqián?」

「名前……」游娜重複一遍後，改用〔女語〕說道：「『名字』呀～。」

「Míngzi……」少女略思索了一陣，卻依舊什麼都想不起來。「Bùzhīdào.」

「名前無倭困擾捏～。」


〈ニホン語〉「リー、名字《ミンズ》はなにヤー？」は、「リー」は台湾語の「あなた」を表す音、「名字」は中国語で名前を表す漢字、「ミンズ」は中国語で名前を表す音、「は」は日本語の係助詞、「なに」は日本語の疑問詞、「ヤー」は中国語の感嘆詞「呀」だと思われる。最初の「ミンズ？」は「Míngqián」と翻訳され2つ目の「ミンズ」は日本語で「名前」と訳されている。このように〈ニホン語〉は、日本語と中国語訳が対応しているわけではない。

さらに〈女語〉の「名前ヤー」は、中国語の「『名字』呀～」に訳されている。

つづく〈ひのもとことば〉の「なまえ」は、中国語で「名前」の意味を表す漢字「名字」の音を、中国で使われている発音記号（拼音《ピンイン》）を用いて「Míngzi……」と表記している。同じく〈ひのもとことば〉の「わからない」も、中国語で「わからない」の意味を表す「不知道」の音を、発音記号（拼音）を用いて「Bùzhīdào.」と表している。

つまり、〈ひのもとことば〉は、中華人民共和国の発音記号（拼音）表記、〈女語〉は台湾の中国語の漢字表記、〈ニホン語〉は、李琴峰のオリジナル語となっている。このような翻訳は、李琴峰自身が翻訳しているからこそ可能であり、新たな創作といった方がよいのかもしれない。

東南アジアの母語で書く移民工文学賞とダイバーシティな台湾文学の挑戦

台湾社会では、１９９０年代から２０００年代にかけて、エスニシティやルーツをもとに住民構成を四つに分け、四大族群と呼んでいた。四大族群の族群とはエスニック・グループを意味する中国語であり、①先住民、②福佬人（１９４５年以前から台湾に暮らす台湾語を母語とする人たち）、③客家人、④外省人（１９４５年以降に中国から移民してきた人たち）の四つである。

だが、最近では四大族群という用語はあまり使われなくなってきた。エスニシティやルーツを超えた結婚も多く、文化的差異があまり意識されなくなったこともある。さらに、１９９０年代以降に台湾に渡ってきた新たな移民やその子どもたちの存在も大きい。

新たな移民は、新住民と呼ばれる。２０２１年の台湾の全人口２３３７万５３１４人中、新住民は１２６万３６０３人で、今や先住民58万７５８人の倍以上を占めている。[197] 新住民は、結婚移民、および建設現場での労働や介護ヘルパーなど出稼ぎで一定期間滞在する外国人労働者の二つに大別できる。東南アジアからの出身者も多い。少子化の台湾では、新住民第2世代も歓迎され、「新台湾の子」と呼ばれている。

今から10年以上前のことになるが、台湾の文芸雑誌『印刻文学生活誌』の10周年記念号（２０１３年９月）の表紙を陳又津《チエン・ヨウジン》（１９８６－）が飾った。『印刻文学生活誌』の表紙は、最も旬な文学・映画関係者が登場することで知られる。陳又津が注目を集めたのは、当時27歳という歴代最年少のカバーガールだったからだけではない。彼女が、福建省出身の外省人退役軍人の父親と、インドネシア出身の母親のもとに生まれ育った新住民二世、つまり「新台湾の子」であり、新しい台湾文学の、新しい台湾社会の顔だったからである。

陳又津は、自らを「準台北人」と称し、2015年に散文『準台北人』を発表する。この「準台北人」は、新住民二世という自らを表した語であると同時に、台湾のレジェンド作家・白先勇《バイ・シエンヨン》（1937－）が、ディアスポラとして台北で生きるしかなかった外省人たちの物語を書いた小説集『台北人』（山口守訳、国書刊行会）のパロディでもある。2023年には明田川聡士の訳で『霊界通信』も日本で刊行されている。

2000年以降、新住民たちが増加し、社会問題化するなかで、NGOやNPOは連帯して「移民／住人権修法連盟（移盟）」を設立、政策批判、提言、一般市民の意識改革に取り組み、政府も新住民の支援に乗り出していく。[198] 新住民へのエンパワーメントが進む中で、2016年の立法委員選挙では初の新住民の国会議員も誕生した。カンボジア出身の林麗蝉（លីវ លីចាន់、1977－）で、国民党比例代表として立候補した。1997年に台湾人との結婚で来台し、彰化県で夫と2人の子どもと暮らす。中国との関係が難しい中、東南アジアとの多様な交流を追求した蔡英文政権は、新南向政策を推進し[199]、新住民や新住民子女に関係する政策は、台湾の多元化政策の一環としても展開されていった。

先に紹介した陳又津は新住民第2世代で、台湾に生まれ中国語の学校教育を受け、中国語で創作を行っている。だが、新住民第1世代にとって中国語での創作はハードルが高い。そこで、新住民を対象として、中国語ではなくヴェトナム語やインドネシア語など母語での創作作品を対象とした移民工文学賞が創設された。

移民工文学賞の発起人は文学者ではなく、東アジア多言語の新聞『四方報』の創刊者兼編集長の張正《ジャン・ジョン》（1971－）だ。張正自身は、東南アジアと直接的に関係ないが、『台湾立報』の副編集長として働いていたところ、社会運動家成露茜《チェン・ルーチェン》の目に留まり、『四方報』の創刊に携わり編集長を長年務めることになったという[200]。

移民工文学賞の投稿資格は、台湾在住経験のある新住民・移工（外国人労働者）・新住民二世で、投稿要綱によると、字数制限は3000字（文体自由・1人1作品のみ）となっている。対象言語は、ヴェトナム語・タイ語・インドネシア語・タガログ語だが、審査段階では中国語に訳され、有名作家たちが審査員を務めている。投稿方法は公式HPからのオンライン投稿で、最優秀作品賞には賞金15万元（約70万円）が授与される。ちなみにキャッチコピーは、「彼ら／彼女らの声に耳を傾けよう」である。新住民はあくまで「彼ら／彼女ら」という他者として位置づけられ、主語は新住民ではないようだ。

2024年も第9回目の移民工文学賞が開催された。応募数は208作品。最優秀作品賞は、台湾に20年近く暮らすインドネシア出身の新住民Chin Nyap Fongがインドネシア語で書いた「Titik Hitam Seorang Rika（リカの黒点）」が受賞した。[201] 外国人労働者の仲介会社で通訳として働いた自身の経験をもとに、どちらも悪くないのにすれ違ってしまう台湾人雇用者の家族と外国人介護労働者の物語を書いたもので、会話では台湾語や客家語の表記も使われているという。新住民の文学賞は、新住民という他者の声を翻訳によって台湾社会が拝聴する機会を提供し続け、台湾社会の新たな多元化の現実を発信し続けている。

多様な言語を推進する姿勢は学校教育においても見られる。小学校では、2001年より、台湾語（2種）・客家語（6種）・先住民諸語（16族だが地域差が多いため42種）が郷土言語として選択必修（中学校では選択）となった。さらに2019年より、台湾手話、新住民語（ヴェトナム語、インドネシア語、タイ語、ミャンマー語、カンボジア語、タガログ語、マレー語）も郷土言語となった。

239頁の表[202]は、高雄市にある龍華国民小学校の2024年度の「郷土言語／台湾手話／新住民言語選択課程調査票」の一部である。郷土言語の授業では、各言語の教材が作成され、生徒の希望に応じて選択した言語の講師が学校に派遣される仕組みになっている。[203]文化人類学者の宮岡真央子によると、宮岡の先住民ツォウの友人は、息子と娘を山の故郷からは遠く離れた海辺の街の中学校で学ばせており、その中学校ではツォウ語を選択した生徒がその兄妹2人のみにもかかわらず、2人だけのためにツォウ語を教えられる先生が講師として派遣され、授業を担当したのだという。[204]

現在、郷土言語とされる言語は、いずれも、歴史的にみると、民主化以前は、国語である中国語によって、周縁に追いやられてきた言語だ。週1回、選択必修として学ぶくらいでは、流暢に喋れたり、ましてや文学が創作できるレベルに達することはなく、今後もマイノリティ言語のままであろう。だが、郷土言語とし

龍華國小113學年度本土語文/臺灣手語/新住民語文選修課程調查表
（新生適用）

學生姓名		家長使用的母語（多母語家庭可呈現多語別）		家長連絡電話		家長簽章	

選習語文類別（只能勾選一個）	（　）閩南語			
	（　）閩東語			
	客語			
	（　）北四縣腔　（　）南四縣腔　（　）海陸腔　（　）大埔腔　（　）饒平腔　（　）詔安腔			
	原住民族語			
	（　）A初鹿卑南語	（　）A知本卑南語	（　）A南王卑南語	（　）A建和卑南語
	（　）B郡群布農語	（　）B卓群布農語	（　）B卡群布農語	（　）B丹群布農語
	（　）B巒群布農語	（　）C南排灣語	（　）C東排灣語	（　）C北排灣語
	（　）C中排灣語	（　）D東魯凱語	（　）D霧臺魯凱語	（　）E澤敖利泰雅語
	（　）E汶水泰雅語	（　）E萬大泰雅語	（　）E賽考利克泰雅語	
	（　）E宜蘭澤敖利泰雅語	（　）E四季泰雅語	（　）F德固達雅賽德克語	
	（　）F德鹿谷賽德克語	（　）F都達賽德克語	（　）G秀姑巒阿美語	（　）G南勢阿美語
	（　）G海岸阿美語	（　）G馬蘭阿美語	（　）G恆春阿美語	（　）H賽夏語
	（　）I雅美語	（　）J邵語	（　）K噶瑪蘭語	（　）L鄒語
	（　）M卡那卡那富語	（　）N拉阿魯哇語	（　）O多納魯凱語	（　）O萬山魯凱語
	（　）O茂林魯凱語	（　）O大武魯凱語	（　）P賴奇萊雅語	（　）Q太魯閣語
	（　）臺灣手語			
	新住民語			
	（　）越南語	（　）印尼語	（　）泰語	（　）柬埔寨語
	（　）緬甸語	（　）馬來語	（　）菲律賓語	

學生選習本土/新住民語文類別程度（未選習者免填）	（　）能聽　（　）能聽、說 （　）能聽、說、讀　（　）完全不會
學生選習臺灣手語類別程度（未選習者免填）	（　）能理解手語表達意義　（　）能理解並用手語表達 （　）能理解並用手語表達並進行溝通　（　）完全不會
注意事項	語言選習人數較少之語別課程，將視師資狀況與其他班級學生共同上課或安排以遠距直播方式進行課程。
上課編組	（家長不需填寫）（視選修人數及師資開課）

填表說明：

一、依據110年3月15日修正十二年國民基本教育課程綱要總綱有關本土語文/臺灣手語/新住民語文課程之開課規定：「A.本土語文包含閩南語文、客語文、原住民族語文、閩東語文、其他具有傳承危機之國家語言，具地區特性之族群語文（如平埔族群語言），由學校調查學生實際需求與意願，於本土語文開設課程供學生選修。B.新住民語文課程的開設內容以東南亞地區的新住民語文為主。C.國民小學階段本土語文/臺灣手語/新住民語文列為部定課程，每週一節課，學生選擇其中一項語別進行學習，並由學校調查學生實際需求與意願開課。」

二、國小一年級至六年級學生應就**閩南語文、閩東語文、客家語文、原住民族語文、臺灣手語及新住民語文之語文等六種語文任選一種修習，閩東語文、臺灣手語部分自111學年度起逐年於一年級至六年級實施（113學年度為一至三年級適用）**。

三、本表係提供113學年度國小新生報到時完成調查，以提供學校開設本土語文/臺灣手語/新住民語文課程類別之依據，且以鼓勵持續學習同一種語文為原則，倘確有更換語文類別之需求，**應持續至少一年方得更換**；另語言學習持續性，有利提升學生學習成效及興趣，**舊生不另行調查**，惟需更換語別可向學校提出申請。

四、學校開課時，視各類語文課程選習學生數，得以班群方式打破班級界限，依學生選習語言類別編組；學生之學期成績，依其所選修語文成績做計算。

「郷土言語/台湾手話/新住民言語選択課程調査票」（高雄市龍華国民小学校 2024年）

て、学校という教育機関のカリキュラムのなかで必修化され、その言語が公的に肯定、承認、推進される意義は大きい。

台湾文学においても、これらの郷土言語が主流の創作言語になることは難しいと思われる。だが、21世紀の台湾文学は、台湾社会の多元性の複雑さ、包容力を反映し、堂々と、会話や、文の一部に郷土言語を表記することで、台湾社会における言語や文化の多元性を再現する重要な役割を担い、発信し続けている。

おわりに――台湾文学の中心にある政治との対話を経て

２０２４年11月21日、台湾文学で初めて、楊双子著、Lin King 訳『台湾漫遊鉄道のふたり（TAIWAN TRAVELOGUE）』が、全米図書賞（翻訳部門）を受賞した。受賞スピーチで、楊双子は次のように語った。

なぜ、百年前のことを小説に書くのか、と訊かれることがありますが、その度に私は、過去について書くことは、未来へ向かって行くためだと答えます。

百年前、ある台湾人が「台湾は台湾人の台湾である」と言いましたが、今日の台湾人も同じことを言います。けれども相手は違います。百年前は日本人に向けられたものでしたが、現在は中国人に対してです。

台湾は常に、侵略的な強大な国家が隣にあるという状況に対峙してきました。それと同時に、台湾人同士でも、国家アイデンティティ、エスニックグループのアイデンティティの違いに向き合ってきました。

百年前、自分のことを日本人だと思っていた人々がいたように、現在、一部の人は自分は中国人だと認識しています。

私が過去を書くのは、台湾人とはいったい何者なのか、という問いに答えるためです。そして台湾の過去に関する作品を書き続けることで、より良い未来に向かっていきたいのです。

※「台湾は台湾人の台湾である」は、台湾議会設置運動などのリーダーであった蔡培火「台湾は帝国の台湾であると同時に、我等台湾人の台湾である」（１９２０年）に基づく。

本書は、約50作品を具体的に紹介しながら、台湾文学が、いかに政治に翻弄され、格闘し、それでも社会に介入してきたのかを読み解いてきた。文学を研究する場合、通常、何がどのように書かれているのか、内容と語りの手法を分析する。だが、台湾文学の場合、何がどのように何語でどの時代を書いているのか、内容、語りの方法、言語の種類、時代設定についても考察する必要がある。

言語とアイデンティティの問題は直結しており、何語で書くかという言語の選択自体がすでに政治的な営みなのである。台湾文学は、言語とアイデンティティの問題に苦悩しつつも、言論が不自由な時代には、発することが許されなかった声とその時の思いを未来に届け、歴史的記憶を共有し、時に予言し、時に和解させ、歴史に、個人に向き合い表現し続けることで、社会を動かし、社会とともに在り続けてきた。

国境なき記者団「２０２４年の世界各国の報道自由度ランキング」によると、世界１８０か国・地域のうち、日本は報道自由度70位、台湾は27位でアジアトップであり、言論がアジアで一番自由な社会となった。

第３章でも言及したように、２０１７年、移行期正義条例が施行され、過去の国家による人権弾圧の真相を明らかにし、和解を目指す取り組みが始まった。実は、私は言論の自由が担保される社会になれば、文学が果たす政治的なミッションはなくなるのではないかと予想していた。だが、今や報道、言論がアジアで最も自由な社会に生きることになった台湾文学は、世界文学の普遍性を獲得する一方で、移行期正義条例により、歴史的記憶の共有という新たなミッションを負うことにもなったようだ。本書で紹介した蔡焜霖の激動の人生を描いたグラフィックノベル『台湾の少年』（游珮芸作、周見信絵、倉本知明翻訳、岩波書店）もその一例である。

当初、移行期正義条例が立法された目的は、二二八事件や白色テロを含む権威主義体制期の負の遺産を清算することだったと思う。だが、2024年8月17日、日本統治期を描いたテレビドラマ「聴海湧（波の音色）」（公視）が放送され、話題沸騰となった。舞台は1942年のボルネオ島にある日本軍捕虜収容所。台湾出身の日本兵たちは、軍属として徴用され、連合国軍の捕虜監視員を務めていた。

物語は第二次世界大戦終了直後、連合国軍の兵士たちが、ボルネオ島で無数の捕虜の死体を見つけた場面から始まる。台湾人日本兵たちと福建語（＝台湾語）という共通の言語を介する中華民国の領事は、共通の言語を話す民族が日本兵として奴隷化され、自分たちを敵視したことが許せず、オーストラリア法廷で、捕虜たちを殺したのは台湾人監視員であると証言し、結果的に台湾人監視員は死刑判決を受けた。

これは史実に基づいた物語だ。モデルの一人だと思われる台湾人元日本兵の柯景星（1920－2010）は、戦時中日本軍の命令でボルネオ島で捕虜監視に従事、戦後戦犯として死刑判決（後懲役10年に減刑）を受け、釈放され台湾帰国後も、特務から絶えず監視され、日本に補償を要求するものの、叶わないまま亡くなっている。

当時、東南アジアで連合国軍の捕虜たちの管理に当たったのが、台湾、朝鮮から派遣されていた日本兵・軍属たちだった。戦後、BC級戦犯となった約5700人中、台湾人は173名、朝鮮人は148人。オーストラリア法廷で多くの台湾人が戦犯として裁かれ、うち7人が死刑、84人が有期禁錮となっている。大島渚監督『戦場のメリークリスマス』（1983年）は、南アフリカ共和国の作家、ローレンス・ヴァン・デル・ポストが自身の日本軍俘虜収容所体験を描いた、短編集『影の獄にて』（由良君美、富山太佳夫訳、新思索社、2006年）収録の「影さす牢格子」と「種子と蒔く者」を原作とし、1942年の日本軍政下にあるジャワ島レバクセンバタの日本軍俘虜収容所を舞台とした作品だ。同作には、捕虜監視員を務める朝鮮人軍属のカネモトは登場するものの、台湾人は描かれていない。「聴海湧」は、帝国日本の植民地統治、戦争に人生を狂わされ、時に命まで奪われ、日本の敗戦によりさらに身分の変化に翻弄された台湾人のアイデンティティの問題を、台湾人の視点から描くことで、歴史的記憶の共有という移行期正義のミッションを具現化した作品となっている。

「聴海湧」放送開始3週間後の9月10日、国立台湾歴史博物館（台南市）は、「聴海湧とその時代」と題して、企画展を開始した（2025年6月まで）。日本人のみならず台湾人の加害までも含み、過去の国家による人権弾圧の真相を明らかにし、和解を目指す取り組み、そして歴史的記憶の共有へ、これが、報道自由度ランキングアジア第1位の国における負の歴史の清算に対する姿勢なのであろう。

台湾は急激に変化していく。そんな台湾に日本はどう向き合えばよいのか。私は日本の台湾文学研究者として何ができるのか。何をすべきなのか。これは私が何度も自問してきたことである。

最初にこの問題について真剣に考えたのは2011年だった。日本における台湾への眼差しは、東日本大震災に対する台湾からの200億円という篤い支援により大きく変わった。50年間も植民地支配をしたにもかかわらず戦後は向き合おうとしてこなかった台湾への関心の高まりを感慨深く思う一方で、「親日台湾」という一面的な報道や理解には、困惑するしかなかった。その後、１９９８年を最後に台湾研究者による台湾概説書が刊行されていなかったことを知り、台湾研究者仲間の協力を得て、２０１６年に『台湾を知るための60章』（若松大祐との共著、明石書店）を刊行したことが、当時の私にせめてできることだった。

次に行動に移したのは、２０１８年である。台湾研究者仲間の洪郁如さん、山﨑直也さんとＳＮＥＴ台湾（日本台湾教育研究者ネットワーク、２０２１年にＮＰＯ法人化）を立ち上げた。きっかけは、「多くの日本人高校生が修学旅行で台湾を訪れているにもかかわらず、高校の歴史の授業では台湾に関する知識を得ることが難しい。なんとかしたい……」と、台湾修学旅行の現状について、２０１８年１月に山﨑さん、次いで2月に洪さんから伺い、衝撃を受けたことに始まる。

全国修学旅行研究協会の資料には、２０１８年の高校2年生は１０８万４０００人、海外修学旅行参加者16万８８８１人、そのうち台湾に修学旅行に行った高校生は5万７５４０人に及んだ。つまり、全高校2年生の約5％以上、海外修学旅行参加者の約34％が、台湾に修学旅行に赴いたことになる。

ほとんどの高校は台湾修学旅行の際、台湾の高校を訪問し、台湾の高校生と交流の機会を持つ。日台高校生の歴史認識につながる教科書の記述を確認すると、台湾の歴史教科書の約4分の1が日本統治時代に紙幅を割いているのに対し、日本の歴史教科書は日本史も世界史も台湾に関する記述は合計しても1頁にも満たず、全頁の約400分の1に過ぎない。この100倍の差を埋めるために何かしなければという思いと、ネット上に溢れる偏った台湾情報を目の前に愕然とし、焦りが募った。

そこで、私たち3人は、台湾研究の最新の学術成果を高校生をはじめ日本社会に手に取りやすい形で発信する活動を開始した。台湾修学旅行や研修旅行の事前学習の講師として高校や大学に出向いたり、SNET台湾 YouTube チャンネルを開設し、日本台湾学会の仲間たちにも協力を得て、各専門からわかりやすく台湾を解説した「台湾修学旅行アカデミー」、台湾の博物館を紹介した「おうちで楽しもう台湾の博物館」をはじめ、すでに50本以上の動画を配信している。さらに100人以上の台湾研究者・専門家の協力を得て、台湾の400以上のスポットをアカデミックに楽しく紹介したHP「みんなの台湾修学旅行ナビ」を公開した。台湾のことを知ってほしいとの思いから活動し始め、今では、賛同してくださる20人の台湾研究者仲間たちがSNET台湾を支えてくれている。

だが、コロナ禍を経て、SNET台湾の活動の意義が、「台湾を知る」ことから、「台湾を知り、では日本は？」という次なるフェーズへと変わってきたように思う。台湾には、ジェンダー平等、移民、ダイバーシティ、若者の政治参加、主権者教育、人権、環境、エネルギー問題、移行期正義など、日本が直面する諸課題に早くから向き合ってきた社会として、「今」を学ぶ機会が豊富にある。若い日本のみなさんにとって、台湾に出会い、台湾を知り、台湾と対話することは、日本を客観的に見つめ、見直し、閉塞感を打ち破り、新たな社会を築くきっかけになるのではないか、そうしていただきたいとも願うようになった。

これは、日本文学に台湾文学との対話を通して新たな可能性を拓いていただきたいという本書の願いに通じる。

台湾文学を研究し始めて四半世紀が過ぎた。台湾社会の急激な変化、そこにコミットしてきた文学の力を何度も目撃するなかで、台湾文学の中心にある政治の熱が、すっかり私に伝染し、私自身もいつのまにかそのエネルギーに突き動かされ、傍観者から当事者に近づいてきたように思う。

日本も日本文学にも、台湾、台湾文学との対話によって拓ける何かがあるはずだと、その可能性を信じ、願望するようになったのは、間違いなく台湾文学の中心にある政治によるものである。

あとがき

読者のみなさま、本書をお読みくださりありがとうございました。もし台湾文学を面白そうだから読んでみようと思ってくださったなら、本当に嬉しく、最高の喜びです。もし政治という視座から台湾文学を紹介した本書が、日本文学の新たな個性や魅力、可能性を可視化するきっかけとして少しでも寄与できたとしたら、光栄の極みです。

本書は、私にとって、『台湾文学と文学キャンプ──読者と作家のインタラクティブな創造空間』(東方書店、２０１２年)以来、二冊目の単著です。既発表の論文集ではなく、全篇、本書のために書き下ろしました。

本書の企画は、２０２３年２月９日に誠品書店で開催された斎藤真理子さん×倉本知明さんのライブトークに端を発します。

最近数年間、私は、主にＮＰＯ法人日本台湾教育支援研究者ネットワーク

（SNET台湾）の活動を通して、台湾研究の成果を日本社会に発信する活動に尽力してきました。久しぶりに台湾文学に向き合おうと決意したのは、担当編集者の穂原俊二さんの「本は今生きている現実と必ずつながる」という言葉に出会い、台湾文学をアクチュアルなものとして、今、私たちが生きている日本社会の現実につなげた時に何が見えるのか知りたいという思いに駆られたからです。新たな挑戦の機会をくださった倉本さんと穂原さんに心より感謝いたします。

本書では、日本語で読める約50作品の台湾文学を紹介しました。これは20世紀なら不可能な企画でした。なぜならこんなにもたくさんの台湾文学が翻訳されたのは、21世紀になってからのことだからです。すべての台湾文学の翻訳者のみなさま、編集者のみなさまに敬意を表し、「非常感謝」の気持ちをお伝えします。ありがとうございます。

14年間お世話になった大妻女子大学比較文化学部の教員、職員、学生のみなさま、そして新たにメンバーとして迎えてくださった日本大学文理学部中文学科の教員、職員、学生のみなさまにも、たくさんの視野を広げる機会と刺激をくださったことに、そして様々なご配慮に、心より感謝いたします。

東京台湾文学研究会の先生方、先輩、後輩をはじめ、日台の台湾文学研究仲間のみなさまの四半世紀にわたるご指導とご寛容にも言い尽くせないほどの「非常感謝」を送ります。特に、本書執筆に際しては、和泉司さん、倉本知明さん、洪郁如さん、呂美親さんに、示唆的で具体的なアドバイスをたくさんいただきました。重ねて感謝申し上げます。本書はJSPS科研費20K00372、23K00340、24K03162の研究成果の一部です。

最後に、いつもおいしい自家製無農薬米と爆笑ネタを送ってくれる両親、狭い我が家が本で溢れ続けても文句も言わずに見守り続けてくれている夫・孝之と最愛の娘・芽依、いつもありがとう。

2024年11月21日
赤松 美和子

本文脚注

第1章　同性婚法制化への道は文学から始まった

1　マックス・ヴェーバー著、脇圭平訳『職業としての政治』岩波文庫、2021年、8頁。

2　斎藤美奈子『日本の同時代小説』岩波新書、2019年、Kindle No.138。

3　『芥川賞全集　第七巻』文藝春秋、1982年、403-412頁。

4　『文藝春秋』1989年3月号、432-437頁。

5　陳昭如、辜知愚訳「講演会の記録　婚姻における異性愛家父長制と特権：台湾の同性婚論争」『女性史学』第27号、2017年、41頁。

6　八木はるな「白先勇『孽子』の映画・テレビドラマ・舞台劇への改編にみる、台湾セクシュアル・マイノリティ言説の変容」『東京大学中国語中国文学研究室紀要』第19巻、2016年、80頁。

7　同右。

8　紀大偉『同志文學史：台灣的發明』聯経、2017年、22頁。

9　家永真幸『台湾のアイデンティティ―「中国」との相克の戦後史』文藝春秋、2023年、文春新書、53頁。

10　鈴木賢『台湾同性婚法の誕生―アジアLGBTQ+燈台への歴程』日本評論社、2022年、32頁。

11　祁家威「我的同運四十年，還不到放棄的時候」『性別力』2016年10月28日、https://womany.net/read/article/12038（2023年6月14日確認）。

12　習近平「高举中国特色社会主义伟大旗帜为全面建设社会主义现代化国家而团结奋斗――在中国共产党第二十次全国代表大会上的报告」『人民日報』2022年10月16日、http://cpc.people.com.cn/20th/n1/2022/1026/c448334-32551867.html（2023年6月14日確認）。

13　紀大偉『同志文學史：台灣的發明』聯經、2017年、378-379頁によると、『互吹不如單打』（香港：香港牛津大學出版社，2003年、244-247頁）には、1970年代のサンフランシスコで、中国共産党同志が同性愛者の意味で使われていたという説もある。

14　紀大偉『同志文學史：台灣的發明』聯經、2017年、383-384頁。

15　許剣橋「九〇年代台湾女同志小説研究」国立中正大学修士論文、2002年。

16　全国出版協会、出版科学研究所編『季刊 出版指標2023年春号』出版科学研究所、２０２３年、34頁。

17 山本知子「日本における出版翻訳の現状（２０２１年度第２回ＪＴＦ翻訳セミナー）」日本翻訳連盟、https://webjournal.jtf.jp/2021/09/09/3863/（２０２４年11月２日確認）。

18 國家圖書館「１１１年台灣圖書出版現況與趨勢報告」２０２３年３月、２頁。https://nclfile.ncl.edu.tw/files/202303/e187c6aa-e9be-436c-a22c-d5c6b7bf402e.pdf（２０２３年６月15日確認）。

19 総務省統計局「人口推計－２０２３年（令和５年）６月報」https://www.stat.go.jp//jinsui/new.htm（２０２３年６月25日確認）。

20 内政部戸政司「民國１１２年１月戸口統計資料分析」https://www.ris.gov.tw/app/portal/346（２０２３年６月25日確認）。

21 國家圖書館「１１１年台灣圖書出版現況與趨勢報告」（前掲）、25-28頁。

22 藤井省三「中国語圏における村上春樹」菅野昭正『村上春樹の読み方』平凡社、２０１２年所収、１６８頁。

23 同右、１７１頁。

24 台湾における村上春樹については、藤井省三『村上春樹のなかの中国』朝日新聞社、２００７年に詳しい。

25 垂水千恵『台湾文学というポリフォニー――往還する日台の想像力』岩波書店、２０２３年、１７９頁。

26 同右、１８４-１９０頁。

27 紀大偉『同志文學史―台灣的發明』（前掲）３５６頁。

28 村上春樹『スプートニクの恋人』講談社文庫、２０１６年、５頁。

29 淡江大學村上春樹研究中心 http://www.harukistudy.tku.edu.tw/intro/super_pages.php?ID=intro1（２０２３年６月16日確認）。

30 劉靈均「性的少数派―同性婚合法化への道のり・終わらない闘い」赤松美和子、若松大祐『台湾を知るための72章』明石書店、２０２２年、２１２-２１３頁。

31 沈秀華「婚姻平等化における台湾女性運動の貢献」『日本台湾学会報』第21号、２０１９年、97-98頁。

32 ２０２２ Taiwan LGBT Pride Official Site「２０２２遊行團體車隊一覧表」https://www.taiwanpride.lgbt/paradeteams（２０２３年６月23日確認）。

33 李琴峰解説、『向日性植物』前掲、１０３頁。

34 内政部戸政司「人口統計資料」https://www.ris.gov.tw/app/portal/346（２０２４年11月１日確認）

35 渡邉泰彦「同性パートナーシップ法（ver.2）」『産大法学』第45巻２

号、２０１１年、１４４頁。
36 陳思宏著、三須祐介訳『亡霊の地』早川書房、２０２３年、68頁。
37 同右、３５９頁。
38 同右、３６０頁。
39 洪郁如「台湾のジェンダー平等教育を語る：台湾大学陳昭如教授との対談」『交流』No.979、２０２２年10月、23頁。
40 鈴木賢『台湾同性婚法の誕生—アジアＬＧＢＴＱ＋燈台への歴程』日本評論社、２０２２年、１７３頁。劉靈均「性的少数派」赤松美和子・若松大祐編『台湾を知るための72章』明石書店、２０２２年、２１４頁。
41 赤松美和子「台湾ＬＧＢＴＱ映画における子どもをめぐるポリティクス」『日本台湾学会報』第24号、２０２２年。

第２章　女性国会議員が40％以上を占める国の文学の女性たち

42 「台湾のフェミニズム文学—【李昂インタビュー】１９９２年４月２日台北市ハワードプラザホテルにて　聞き手＝藤井省三」李昂著、藤井省三訳『夫殺し』、宝島社、１９９３年、１６６頁。
43 中央選擧委員會「２０２４—第11屆立法委員選擧」をもとに筆者が作成。https://db.cec.gov.tw/ElecTable/Election?type=President（２０２４年11月５日確認）。
44 中央選挙委員会「歴屆立法委員選擧女性參選情形」https://web.cec.gov.tw/central/cms/elec_ge_sta/34529（２０２４年11月10日確認）。
45 World Economic Forum「Global Gender Gap Report 2023」１８７頁。
46 衆議院「会派名及び会派別所属議員数」https://www.shugiin.go.jp/internet/itdb_annai.nsf/html/statics/shiryo/kaiha_m.htm（２０２４年11月28日確認）。
47 洪郁如「ジェンダー—「アジアの優等生」の過去・現在・未来」赤松美和子、若松大祐『台湾を知るための72章』明石書店、２０２２年、２０７-２０８頁。
48 同右。
49 洪郁如「フェミニズム運動，政党，キャンパス—近現代台湾政治と女性」『言語文化』第52号、２０１６年、73頁。
50 「台湾のフェミニズム文学—【李昂インタビュー】１９９２年４月２日台北市ハワードプラザホテルにて　聞き手＝藤井省三」１７１頁。
51 「台湾人の平均寿命79・84歳前年から１・02歳下回る」『フォーカス台湾』２０２３年８月11日。
52 李昂著、櫻庭ゆみ子訳、藤井省三監修『迷いの園』、国書刊行会、19頁。
53 同右、１１４頁。
54 同右、２７５頁。

55　彭瑞金「解説」２８１頁。鍾理和、李喬、彭小妍、呉錦発ほか著、松浦恆雄監訳『客家の女たち』国書刊行、２００２年。

56　赤松美和子「台湾学園映画が回顧する１９９０年代と日本大衆文化」、『大妻比較文化』第20号、13頁。

57　同右。

58　行政院性別平等會「性別落差指數（Gender Gap Index, GGI）」https://gec.ey.gov.tw/page/E0810325D36C4E10（２０２４年11月1日確認）

59　「台湾版#MeToo/与党・民進党内でセクハラ疑惑相次ぎ発覚 秘書長が謝罪／台湾」『フォーカス台湾』２０２３年６月２日。

60　「台湾・総統選で第三勢力民衆党の柯文哲氏が支持率トップに急浮上ー駆け引き複雑に」『The News Lens Japan』２０２３年６月20日。

61　#MeToo告発一覧
https://docs.google.com/spreadsheets/d/1y3f5C1Kf-bSJ5TDaM55M9xBO_-lx0eGLPCslyMNDQLg/htmlview?mibextid=Zxz2cZ&fbclid=IwAR3Keo49NAOX_munJIP0TYdBMB1lkCk7P8rP33XLBuOdjQlAWNhp4MjLC9s（２０２３年８月15日確認）

第３章　文学は社会を動かし、その瞬間をアーカイブし続けてきた

62　松崎寛子「台湾の高校「国文」教科書における台湾文学―鄭清文「我要再回来唱歌」を中心に―」『日本台湾学会報』第12号、２０１０年、２２０頁。

63　同右、２２０頁。

64　国立台湾大学中国文学系「専任教師」http://www.cl.ntu.edu.tw/web/team/team.jsp?dm_id=DM1599212124931（２０２３年11月1日確認）。

65　国立台湾大学台湾文学研究所「専任教師」https://gitl.ntu.edu.tw/%e5%b0%88%e4%bb%bb%e6%95%99%e5%b8%ab/（２０２３年11月1日確認）。

66　１９５０年代の台湾文学については、反共文学一色だったという台湾文学史の定説を覆し、読者が本当は何を読んでいたのかを分析した張文菁『通俗小説からみる文学史　１９５０年代台湾の反共と恋愛』法政大学出版局、２０２２年に詳しい。

67　国立台湾文学館企画編集、謝恵貞、八木はるな訳『文学青年育成ガイド―台湾文学史基本教材』國立臺灣文學館２０２１年、１３９頁。

68　「台湾郷土文学史導論」『夏潮』第14期、１９７７年５月、72頁。

69　葉石濤著、中島利郎、澤井律之訳『台湾文学史』研文出版、２０００年、１５３頁。

70　交通部觀光署観光統計資料庫「54年～１１２年 來臺（性別）人次統計」をもとに筆者作成
https://stat.taiwan.net.tw/（２０２４年11月10日確認）。

71　アジアの女性たちの会『アジアと女性解放』No.8、１９８０年６

月、13頁。

72 陳映真著、間ふさ子・丸川哲史訳『戒厳令下の文学—台湾作家・陳映真文集』せりか書房、2016年、350頁。

73 NPO法人SNET台湾監修「台湾国家人権博物館特別展私たちのくらしと人権ハンドブック」2021年。

74 財團法人二二八事件紀念基金會「全台二二八紀念碑紹介」https://www.228.org.tw/monument（2024年11月7日確認）。

75 陳儒修「二十年後重看《悲情城市》聲音、影像、時間、空間」『凝望・時代—穿越《悲情城市》二十年』田園城市文化、2011年、357頁。

76 田村志津枝『悲情城市の人びと—台湾と日本のうた』晶文社、1992年、39頁。

77 明田川聡士『戦後台湾の文学と歴史・社会—客家人作家・李喬の挑戦と二十一世紀台湾文学』関西学院出版会、2022年、43-44頁。

78 呉濁流『夜明け前の台湾—植民地からの告発』、社会思想社、1972年所収。

79 同右、208頁。

80 趙天儀・李喬「文学 文化 時代—詩人和小説家的対談」『台湾文芸』第110期、1988年、30-31頁。日本語訳は明田川聡士『戦後台湾の文学と歴史・社会—客家人作家・李喬の挑戦と二十一世紀台湾文学』前掲、46頁に依る。

81 邱永漢『わが青春の台湾 わが青春の香港（中公文庫）』kindle版100頁、中央公論新社、2021年。

82 内政部戸政司全球資訊網「人口統計資料」https://www.ris.gov.tw/app/portal/346（2023年11月1日確認）

83 原住民族委員会「原住民人口數統計資料（毎月一次）」https://www.cip.gov.tw/zh-tw/news/data-list/940F9579765AC6A0/index.html?cumid=940F9579765AC6A0（2023年11月1日確認）。

84 下村作次郎「【解説】台湾原住民文学とはなにか」モーナノン／トパス・タナピマ著、下村作次郎訳『台湾原住民文学選1—名前を返せ』草風館、2002年、304頁。

85 下村作次郎「台湾原住民文学の誕生」中島利郎、河原功、下村作次郎編『台湾近現代文学史』研文出版、2014年、426頁。

86 宮岡真生子「原住民／先住民—誇り高く生きる人々—」赤松美和子・若松大祐『台湾を知るための72章』明石書店、2022年、160-161頁。

87 同右、159-163頁

88 IWPにおける台湾の作家と中国の作家との交流については、下村作次郎『文学で読む台湾—支配者・言語・作家たち』田畑書店、1994年に詳しい。

89 陳威志「社会運動—第四原発反対運動・ひまわり学生運動をめぐる政党との駆け引き」赤松美和子・若松大祐編『台湾を知るための72章』明石書店、2022年、205頁。

90 倉本知明「訳者あとがき」伊格言著、倉本知明訳『グラウンド・ゼロ　台湾第四原発事故』白水社、２０１７年、３３２頁。
91 陳威志「社会運動─第四原発反対運動・ひまわり学生運動をめぐる政党との駆け引き」前掲、２０４-２０５頁。
92 「《２０１４臺灣詩選》詩人關心太陽花學運」『大紀元』２０１５年3月18日。

第４章　日本統治期が台湾文学にもたらしたもの

93 実際には、「台北１０１」という駅はなく、「台北１０１／世界貿易センター」という駅だが、都合上、「台北１０１」のみ例示した。
94 吉田真悟「現代台湾語書き言葉の多様性と規範形成─教科書・雑誌の分析から」『日本台湾学会報』第21号、２０１９年、２１８頁
95 Lin Chumei「複言語・複文化主義に向かう台湾の言語教育政策─競合と共生の視点から考える」『人文学林』第1号、２０２４年、１９０頁。
96 河原功『台湾新文学運動の展開─日本文学との接点』研文出版、１９９７年、１４６頁。
97 同右、１４９-１５０頁。
98 同右、１５２-１５３頁。
99 『文学青年育成ガイド』57頁。
100 河原功『台湾新文学運動の展開─日本文学との接点』（前掲）、19頁。
101 楊逵「一台湾作家の七十七年」『文藝』第１２２巻１号、河出書房新社、１９８３年1月、３０２頁。
102 日本統治期の文学賞については、和泉司『日本統治期台湾と帝国の〈文壇〉─〈文学懸賞〉がつくる〈日本語文学〉』ひつじ書房、２０１２年に詳しい。
103 文化部「台灣文學辭典資料庫」https://db.nmtl.gov.tw/site2/dictionary?id=Dictionary02236（２０２４年1月29日確認）
104 丸川哲史「１９４８年前後の台湾新文学運動にかかわる論争と脱植民地化の問題─『新生報「橋」副刊』を中心に─」『日本台湾学会報』第2号、28頁。
105 黄英哲「戦後初期台湾における文化再構築─台湾省行政長官公署宣伝委員会をめぐって─」『中国21』第1号、１９９７年、１９３頁。
106 『新台湾』創刊号、新台湾社、一九四六年二月、一六頁（訳は、黄英哲１９９７年、１９３頁を引用した）。
107 塚田亮太「『周金波日本語作品集』を読む─ある台湾人「皇民作家」の精神の軌跡」『中国21』Vol.4、１９９８年、１８２頁。
108 和泉司「青年が「志願」に至るまで─周金波「志願兵」論」『三田國文』第41号、２００５年。
109 葉石濤著、中島利郎，澤井律之訳『台湾文学史』（前掲）、68頁。
110 同右、72頁。

111 中島利郎「つくられた「皇民作家」周金波」中島利郎編『日本統治期台湾文学研究序説』緑陰書房、2004年、117-118頁。
112 中島利郎「つくられた「皇民作家」周金波」（前掲）119頁。
113 垂水千恵「周金波論―日本統治下の台湾に於ける日本語文学論Ⅰ」『日本文学』第41巻第9号、1992年、65頁。
114 中島利郎「つくられた「皇民作家」周金波」（前掲）130頁。
115 垂水千恵「周金波論―日本統治下の台湾に於ける日本語文学論Ⅰ」（前掲）。星名宏修「もう一つの「皇民文学」―「大東亜共栄圏」の台湾作家その2・周金波」『野草』49号、1992年。
116 中島利郎「つくられた「皇民作家」周金波」（前掲）131頁。
117 中島利郎「解説」鍾肇政著、中島利郎訳『台湾郷土文学選集1 永遠のルピナス』研文出版、189-190頁。
118 同右、190-191頁。
119 同右、191頁。
120 岡崎郁子「「蟹」に見る台湾作家黄霊芝の日本語能力」『吉備国際大学研究紀要』第20号、2016年、27-28頁。
121 下岡友加「戦後台湾の日本語作家の声―黄霊芝氏インタヴュー（2）」『県立広島大学人間文化学部紀要』第8号、2013年、162頁。
122 「魅せられた「17文字」台北で句会主宰する「非親日家」」『朝日新聞』2007年2月1日。
123 陳千武著、保坂登志子訳『猟女犯―元台湾特別志願兵の追想』洛西書院、2000年。
124 倉本知明「戦場におけるセクシャリティと身体―田村泰次郎「蝗」と陳千武。「猟女犯」の比較を中心に」『生存学―生きて存るを学ぶ』Vol.4、2011年5月、177頁。
125 「歴史教育の「台湾化」始まる　独自の李登輝路線」『朝日新聞』1996年1月29日。
126 郭強生「金鼎獎文學獎得主郭強生專文：寫給自己的幻想家族史―郭強生」国立東華大学『人社東華』第一期、2014年
127 同右。
128 台湾文化センター×紀伊國屋書店 共同企画／『台湾漫遊鉄道のふたり』刊行記念 楊双子さん×古内一絵さんトークイベント、2023年5月28日、紀伊國屋書店　新宿本店　3階アカデミック・ラウンジ。
129 同右。
130 楊双子『台湾漫遊鉄道のふたり』三浦裕子訳、中央公論新社、2023年、360頁。
131 唐嘉邦、金車文學講堂「從記者到作者」唐嘉邦、2020年6月6日。https://youtu.be/W6-4-7X2tHc?si=ERn4u6A6kiA3YBTy（2024年8月8日確認）。
132 同右。
133 同右。

134 唐嘉邦著、玉田誠訳『台北野球倶楽部の殺人』文藝春秋、２０２２年、93頁。
135 司馬遼太郎『街道をゆく40―台湾紀行』（朝日文庫）朝日新聞出版、２００９年、42頁。
136 同右、88-89頁。
137 同右、２５２頁。
138 小林よしのり『新ゴーマニズム宣言ＳＰＥＣＩＡＬ 台湾論』小学館、２００８年、１４８頁。
139 駒込武「学校教育」若林正丈、家永真幸編『台湾研究入門』東京大学出版会、２０２０年、51-52頁。
140 『社会科 中学生の歴史』帝国書院、２０２０年、１７９頁。
141 司馬遼太郎『街道をゆく40―台湾紀行』前掲、２４２頁。
142 同右。
143 洪郁如『誰の日本時代』法政大学出版局、２０２２年、３-５頁。
144 同右、20頁。
145 同右、２９０頁。

第５章　ダイバーシティな台湾文学の表記と翻訳の困難

146 文化部「國家語言發展報告」２０２２年８月、18頁を基に、筆者作成。
147 「馬英九總統競選影片―學習篇台語版」https://youtu.be/4Wx_MVAD41I?si=cSRSL7SlO4y3tH5C（２０２４年９月２日確認）、馬英九總統競選影片―學習客語篇 https://youtu.be/DMSYn5Oc414?si=yD1CWA6tTZYsRGVy（２０２４年９月２日確認）。
148 文化部「國家語言發展報告」（前掲）、21頁。
149 何義麟「「国語」の転換をめぐる台湾人エスニシティの政治化―戦後台湾における言語紛争の一考察―」『日本台湾学会報』創刊号、１９９９年、93頁。
150 森田健嗣「戦後初期台湾における言語政策研究再考―代行された脱植民地化の視角から」『日本台湾学会報』第16号、２０１４年、１０７頁。
151 韓石泉著、韓良俊編、杉本公子、洪郁如訳『韓石泉回想録―医師のみた台湾近現代史』あるむ、２０１７年、１２５頁。
152 森田健嗣（前掲）１１３頁。
153 同右、１１２頁。
154 同右、１１６頁。
155 李端騰「「中国文芸協会」成立与一九五〇年代台湾文学走向」『台湾新文学発展重大事件論文集』国家台湾文学館、２００４年）77頁。
156 李端騰「「中国文芸協会」成立与一九五〇年代台湾文学走向」（前掲論文）85頁。『中国文芸年鑑』（前掲書）81頁。
157 倉本知明「現代台湾文学における台湾語エクリチュールの日本語翻訳に関する比較検討」『日本台湾学会報』第25号、２０２３年、38頁。

158 同右、39頁。
159 王禎和著、池上貞子訳「鹿港からきた男」王禎和、宋沢莱、王拓、黄春明著、山口守編『鹿港からきた男』国書刊行会、2001年、313頁。
160 林初梅「国語と母語のはざま—多言語社会台湾におけるアイデンティティの葛藤」、『LANGUAGE AND LINGUISTICS IN OCEANIA』第10号、2018年、8-12頁。
161 倉本知明（前掲）45頁、莊雅雯「七〇年代郷土小説華台語語碼転換之意涵—以黄春明作品「鑼」為観察対象」、『台湾語文研究』第10巻第2期、2015年、83頁。
162 莊雅雯「七〇年代郷土小説華台語語碼転換之意涵—以黄春明作品「鑼」為観察対象」（同右）。
163 黄春明著、垂水千恵訳「銅鑼」（前掲）、11、13頁等。
164 同右、15頁。
165 同右、19頁。
166 宋沢莱著、若林正丈訳「笨仔と貴仔の物語-打牛湳村」、李双沢、宋沢莱、壹闡提著『終戦の賠償』研文出版、1984年、119頁。
167 『日本国語大辞典 第二版』Japanknowledge.
168 倉本知明「現代台湾文学における台湾語エクリチュールの日本語翻訳に関する比較検討」（前掲）44-46頁。
169 鍾肇政著、松浦恆雄訳、「阿枝とその女房」、鍾理和、彭小妍、呉錦発、鍾鉄民ほか著、松浦恆雄監訳『客家の女たち』国書刊行会、2002年、219頁。
170 彭瑞金編、鍾肇政著『鍾肇政集』前衛出版社、1991年、98頁。
171 同右、49頁。西村正男「郭強生『惑郷の人』（執筆者・西村正男）」『翻訳ミステリーシンジゲート』2019年1月16日。http://honyakumystery.jp/9888（2024年8月17日確認）。
172 倉本知明（前掲）、49-50頁。
173 呉明益著、倉本知明訳『眠りの航路』白水社、2021年、18頁。
174 倉本知明（前掲）、50頁。
175 黄春明著、西田勝訳『黄春明選集 溺死した老猫』法政大学出版会、2021年、14頁。
176 黄春明『莎喲娜啦．再見—黄春明作品集3』聯合文學（電子版）、2009年。
177 黄春明著、西田勝訳『黄春明選集　溺死した老猫』（前掲）276頁。
178 黄春明著、山口守訳「坊やの人形」黄春明、王拓、宋沢莱、王禎和著、山口守編、池上貞子、垂水千恵、三木直大訳『鹿港からきた男』国書刊行会、2001年、101頁。
179 黄春明「兒子的大玩偶」郭楓、鄭清文、李喬、許達然、呉晟、呂正恵編『台灣當代小說精選（一九四五-一九八八）』新地文學出版社、1989年、287頁。
180 倉本知明（前掲）、47頁。
181 陳思宏著、三須祐介訳『亡霊の地』早川書房、2023年、200頁。

182 陳思宏『鬼地方』鏡文學、２０１９年、１６２頁。
183 呉明益『單車失竊記』麥田出版、２０１５年、10頁。
184 呉明益著、天野健太郎訳『自転車泥棒』文春文庫、２０２１年、14頁。
185 Ming-Yi,Wu.The Stolen Bicycle (English Edition) (p.13) .The Text Publishing Company. Kindle版。
186 倉本知明（前掲）、47–48頁。
187 呉明益著、天野健太郎訳『歩道橋の魔術師』河出文庫、２０２１年、６頁。
188 呉明益『天橋上的魔術師』夏目出版、２０１１年、電子版。
189 呉明益著、曾紫庭、張心哲、蘇郁翔、徐壽柏、張怡沁、郭時棣朗読『天橋上的魔術師（有聲書）』鏡好聽、２０２４年。
190 甘耀明著、白水紀子訳『真の人間になる 上』白水社、２０２３年、34–35頁。
191 同右、２３５–２３６頁。
192 温又柔『真ん中の子どもたち』集英社、２０１７年、７頁。
193 温又柔著、郭凡嘉訳『中間的孩子們』聯合文學、２０１８年、23–24頁。
194 温又柔『真ん中の子どもたち』（前掲）８頁。
195 温又柔著、郭凡嘉訳『中間的孩子們』（前掲）25頁。
196 垂水千恵『台湾文学というポリフォニー――往還する日台の想像力』（前掲）２４２–２４３頁。
197 横田祥子「新移民」赤松美和子・若松大祐『台湾を知るための72章』明石書店、２０２２年、１８３–１８４頁。
198 横田祥子「新移民」（前掲）。
199 山﨑直也「蔡英文政権の新南向政策と教育」『東亜』５９４号（２０１６年12月）86–94頁。
200 四方報ＨＰ http://4wayvoice.com（２０１７年１月19日確認）。
201 「第九屆移民工文學獎結果出爐 首獎得主陳業芳：高興到睡不著覺」『中央廣播電臺』２０２４年８月３日、https://today.line.me/tw/v2/article/kEMxwe2（２０２４年９月１日確認）。
202 高雄市鼓山区龍華国民小学校「１１３學年度新生本土語選修調査表」。
203 宮岡真央子「第23回 台湾のエスニシティ」台湾修学旅行アカデミー by ＳＮＥＴ https://youtu.be/sSMQK8WQ7h0?si=1-LCaCXnCPoplz_2（２０２４年９月１日確認）。
204 同右。

主要参考文献（文学作品を除く）

・赤松美和子『台湾文学と文学キャンプ：読者と作家のインタラクティブな創造空間』東方書店、二〇一二年
・赤松美和子、若松大祐『台湾を知るための60章』明石書店、二〇一六年
・赤松美和子、若松大祐『台湾を知るための72章』明石書店、二〇二二年
・明田川聡士『戦後台湾の文学と歴史・社会：客家人作家・李喬の挑戦と二十一世紀台湾文学』関西学院出版会、二〇二二年
・家永真幸『台湾のアイデンティティー：「中国」との相克の戦後史』文藝春秋、二〇二三年
・和泉司『日本統治期台湾と帝国の「文壇」：「文学懸賞」がつくる「日本語文学」』ひつじ書房、二〇一二年
・NPO法人日本台湾教育支援研究者ネットワーク（SNET台湾）編『臺灣書旅：台湾を知るためのブックガイド』台湾文化センター、紀伊国屋書店、二〇二二年
・大東和重『台湾の歴史と文化：六つの時代が織りなす「美麗島」』（中公新書）、中央公論新社、二〇二〇年
・小笠原欣幸『台湾総統選挙』晃洋書房、二〇一九年
・河原功『台湾新文学運動の展開：日本文学との接点』研文出版、一九九八年
・河原功『翻弄された台湾文学：検閲と抵抗の系譜』研文出版、二〇〇九年
・韓石泉著、韓良俊編、杉本公子、洪郁如訳『韓石泉回想録：医師のみた台湾近現代史』あるむ、二〇一七年
・倉本知明「現代台湾文学における台湾語エクリチュールの日本語翻訳に関する比較検討」『日本台湾学会報』第25号、二〇二三年
・洪郁如『誰の日本時代』法政大学出版局、二〇二一年
・紅野謙介、内藤千珠子、成田龍一編『〈戦後文学〉の現在形』平凡社、二〇〇〇年
・国立台湾文学館企画編集、謝恵貞、八木はるな訳『文学青年育成ガイド：台湾文学史基本教材』國立臺灣文學館二〇二一年
・駒込武『世界史のなかの台湾植民地支配：台南長老教中学校からの視座』岩波書店、二〇一五年
・小山三郎、山下未奈、山下紘嗣『台湾現代文学・映画史年表』晃洋書房、二〇一六年
・斎藤美奈子『日本の同時代小説』（岩波新書）、岩波書店、二〇一九年
・下村作次郎『文学で読む台湾：支配者・言語・作家たち』田畑書店、二〇一四年
・下村作次郎『台湾文学の発掘と探究』田畑書店、二〇一九年
・菅野敦志『台湾の国家と文化：「脱日本化」・「中国化」・「本土化」』勁草書房、二〇一一年
・菅野敦志『台湾の言語と文字：「国語」・「方言」・「文字改革」』勁草書

房、二〇一二年
・鈴木賢『台湾同性婚法の誕生：アジアLGBTQ+燈台への歴程』日本評論社、二〇二二年
・薛化元編、永山英樹著『詳説台湾の歴史：台湾高校歴史教科書』雄山閣、二〇二〇年。
・胎中千鶴『植民地台湾を語るということ：八田與一の「物語」を読み解く』風響社、二〇二〇年
・垂水千恵『台湾文学というポリフォニー：往還する日台の想像力』岩波書店、二〇二三年
・張文菁『通俗小説からみる文学史：1950年代台湾の反共と恋愛』法政大学出版会、二〇二二年
・陳芳明著、下村作次郎、野間信幸、三木直大、垂水千恵、池上貞子訳『台湾新文学史（上）』『台湾新文学史（下）』東方書店、二〇一五年
・中島利郎、河原功、下村作次郎編『台湾近現代文学史』研文出版、二〇一四年
・彭瑞金著、中島利郎、澤井律之訳『台湾新文学運動四〇年』東方書店、二〇〇五年
・星名宏修『植民地を読む：「贋」日本人たちの肖像』法政大学出版局、二〇一六年
・ピエール・ブルデュー著、石井洋二郎訳『芸術の規則1』藤原書店、一九九五年
・藤井省三『台湾文学この百年』東方書店、一九九一年
・藤井省三『村上春樹のなかの中国』朝日新聞社、二〇〇七年
・藤井省三編『東アジアが読む村上春樹：東京大学文学部中国文学科国際共同研究』若草書房、二〇〇九年
・マックス・ヴェーバー著、脇圭平訳『職業としての政治』岩波文庫、二〇二一年
・松崎寛子『鄭清文とその時代』東方書店、二〇二〇年
・山口守編、藤井省三、河原功、垂水千恵著『講座：台湾文学』国書刊行会、二〇〇三年
・葉石濤著、中島利郎、澤井律之訳『台湾文学史』研文出版、二〇〇〇年
・レオ・チン著、菅野敦志訳『ビカミング〈ジャパニーズ〉：植民地台湾におけるアイデンティティ形成のポリティクス』勁草書房、二〇一七年
・若林正丈、家永真幸編『台湾研究入門』東京大学出版会、二〇二〇年
・若林正丈『台湾の政治 増補新装版：中華民国台湾化の戦後史』東京大学出版会、二〇二一年
・若林正丈『台湾の歴史』（講談社学術文庫）、講談社、二〇二三年

中国語

・王鈺婷編『性別島讀：臺灣性別文學的跨世紀革命暗語』聯經出版公司、二〇二一年
・李時雍編『百年降生：1900-2000臺灣文學故事』聯經出版公司、二〇一八年
・邱貴芬『仲介台灣·女人：後殖民女性觀點的台灣閱讀』元尊文化、

一九九七年
・邱貴芬『臺灣文學的世界之路』政大出版社、二〇二三年
・呂美親編『台語現代散文選』前衛、２０２４年
・紀大偉『同志文學史：台灣的發明』聯經出版公司、二〇一七年（２０２５年末、みすず書房より日本語版刊行予定）。
・封德屏編『鄉土與文學：台灣地區區域文學會議實錄編』文訊、二〇二一年
・范銘如『眾裡尋她：台灣女性小說縱論』麥田、二〇〇八年
・范銘如『文學地理：台灣小說的空間閱讀』麥田、二〇〇八年
・張俐璇『兩大報文學獎與台灣文學生態之形構』科寶文化、二〇一一年
・張俐璇編『出版島讀：臺灣人文出版的百年江湖』時報出版、二〇二三年
・張誦聖『文學場域的變遷』聯合文學、二〇〇一年
・張誦聖『臺灣文學生態：戒嚴法到市場律』國立臺灣大學出版中心、二〇二三年
・陳芷凡、詹閔旭、謝欣芩、王鈺婷編『臺灣文學的來世』國立陽明交通大學出版社、二〇二三年
・陳芳明『後殖民台灣：文學史論及其周邊』麥田、二〇〇七年
・陳惠齡『演繹鄉土：鄉土文學的類型與美學』萬卷樓、二〇二〇年
・黃美娥編『世界中的台灣文學：台灣史論叢 文學篇』國立臺灣大學出版中心、二〇二〇年
・鳳氣至純平『日治時期在臺日人的臺灣歷史像』南天書局、二〇二〇年
・劉亮雅『遲來的後殖民：再論解嚴以來的台灣小說』國立臺灣大學出版中心、二〇一四年
・蘇碩斌編『終戰那一天：臺灣戰爭世代的故事』衛城出版、二〇一七年

本書で取り上げた台湾文学作品

第1章　同性婚法制化への道は文学から始まった

・白先勇『孽子：新しい台湾の文学』陳正醍訳、国書刊行会、二〇〇六年
・邱妙津『台湾セクシュアル・マイノリティ文学［1］長篇小説：邱妙津『ある鰐の手記』』黄英哲、白水紀子、垂水千恵編、垂水千恵訳、作品社、二〇〇八年
・李屏瑤『向日性植物』李琴峰訳、光文社、二〇二二年
・李琴峰『独り舞』講談社、二〇一八年／光文社文庫、二〇二二年
・李昂「花嫁の死化粧」藤井省三訳、『海峡を渡る幽霊：李昂短篇集』所収、白水社、二〇一八年
・朱天文『荒人手記：新しい台湾の文学』池上貞子訳、国書刊行会、二〇〇六年
・黄英哲、白水紀子、垂水千恵編『台湾セクシュアル・マイノリティ文学［2］中・短篇集：紀大偉作品集『膜』【ほか全四篇】』作品社、二〇〇八年
・黄英哲、白水紀子、垂水千恵編『台湾セクシュアル・マイノリティ文学［3］小説集：『新郎新〝夫〟』【ほか全六篇】』作品社、二〇二三年
・徐嘉澤『次の夜明けに：現代台湾文学選1』三須祐介訳、書肆侃侃房、二〇二二年
・郭強生『惑郷の人：台湾文学セレクション4』西村正男訳、あるむ、二〇一八年
・陳思宏『亡霊の地』三須祐介訳、早川書房、二〇二三年
・楊双子『台湾漫遊鉄道のふたり』三浦裕子訳、中央公論新社、二〇二三年

第2章　女性国会議員が40％以上を占める国の文学の女性たち

・李昂『夫殺し』藤井省三訳、宝島社、二〇一三年
・李昂『迷いの園：新しい台湾の文学』桜庭ゆみ子訳、藤井省三監修、国書刊行会、一九九九年
・朱天心「眷村の兄弟たちよ」孩子王クラス編『二つの故郷のはざまで』所収、藍天文芸出版社、一九九九年
・葉石濤『シラヤ族の末裔・潘銀花：台湾郷土文学選集4』中島利郎訳、研文出版、二〇一四年
・鍾理和、李喬、彭小妍、呉錦発著、松浦恆雄監訳『客家の女たち：新しい台湾の文学』国書刊行会、二〇〇二年
・劉梓潔『愛しいあなた：現代台湾文学選3』明田川聡士訳、書肆侃侃房、二〇二二年
・林奕含『房思琪の初恋の楽園』泉京鹿訳、白水社、二〇一九年

第3章　文学は社会を動かし、その瞬間をアーカイブし続けてきた

・黄春明『さよなら・再見』田中宏訳、めこん、一九七九年
・黄春明『黄春明選集：溺死した老猫』西田勝訳、法政大学出版会、二〇二一年
・黄春明「坊やの人形」垂水千恵訳、『鹿港からきた男：新しい台湾の文学』所収、国書刊行会、二〇〇一年
・黄春明「りんごの味」福田桂二訳、『さよなら・再見』所収、めこん、一九七九年
・陳映真「山道」岡崎郁子訳、『台湾現代小説選Ⅲ：三本足の馬：研文選23』所収、研文出版、一九八五年
・呉濁流『夜明け前の台湾：植民地からの告発』社会思想社、一九七二年
・李喬「小説」松永正義訳、『台湾現代小説選Ⅲ：三本足の馬：研文選書23』所収、研文出版、一九八五年
・李喬「密告者」下村作次郎訳、『バナナボート：台湾文学への招待：発見と冒険の中国文学6』所収、JICC出版局、一九九一年
・宋沢莱「腐乱」三木直大訳、『鹿港からきた男：新しい台湾の文学』所収、国書刊行会、二〇〇一年
・鍾肇政『怒濤：台湾郷土文学選集2』澤井律之訳、研文出版、二〇一四年
・邱永漢『香港・濁水渓増補版』中央公論新社、二〇二一年
・柯宗明『陳澄波を探して：消された台湾画家の謎』栖来ひかり訳、岩波書店、二〇二四年
・甘耀明『鬼殺し：上』『鬼殺し：下』白水紀子訳、白水社、二〇一五年
・モーナノン／トパス・タナピマ著、下村作次郎訳『台湾原住民文学選1：名前を返せ』草風館、二〇〇二年
・リムイ・アキ『懐郷』魚住悦子訳、田畑書店、二〇二三年
・ワリス・ノカン『都市残酷』下村作次郎訳、田畑書店、二〇二二年
・シャマン・ラポガン『大海に生きる夢：大海浮夢』下村作次郎訳、草風館、二〇一七年
・聶華苓『三生三世：中国・台湾・アメリカに生きて』島田順子訳、藤原書店、二〇〇八年
・伊格言『グラウンド・ゼロ：台湾第四原発事故』倉本知明訳、白水社、二〇一七年
・李琴峰『ポラリスが降り注ぐ夜』筑摩書房、二〇二〇年
・游珮芸作、周見信絵『台湾の少年1：統治時代生まれ』『台湾の少年2：収容所島の十年』『台湾の少年3：戒厳令下の編集者』『台湾の少年4：民主化の時代へ』倉本知明、岩波書店、二〇二二年

第4章　日本統治期が台湾文学にもたらしたもの

・呉明益『歩道橋の魔術師』天野健太郎訳、白水社、二〇一五年
・楊逵「新聞配達夫」山口守編『パパイヤのある街：台湾日本語文学アンソロジー』所収、皓星社、二〇二四年
・周金波「志願兵」山口守編『パパイヤのある街：台湾日本語文学アンソロジー』所収、皓星社、二〇二四年
・濱田隼雄『南方移民村』海洋文化社、一九四二年
・林熊生「龍山寺の曹老人」林熊生著、河原功監修『船中の殺人：龍山

寺の曹老人：第一輯・第二輯：日本植民地文学精選集038：台湾編13』所収、ゆまに書房、二〇〇一年
・西川満「元宵記」「朱氏記」中島利郎、河原功編『日本統治期台湾文学日本人作家作品集：第1巻』所収、緑蔭書房、一九九八
・鍾肇政「永遠のルピナス」『永遠のルピナス：台湾郷土文学選集1』所収、中島利郎訳、研文出版、二〇一四年
・黄霊芝「蟹」下岡友加編『戦後台湾の日本語文学：黄霊芝小説選』所収、渓水社、二〇一二年
・黄霊芝著、下岡友加編『黄霊芝小説選：戦後台湾の日本語文学2』渓水社二〇一五年
・国江春菁著、岡崎郁子編『宋王之印』慶友社、二〇〇二年
・黄霊芝『台湾俳句歳時記』言叢社、二〇〇三年
・孤蓬万里『台湾万葉集』集英社、一九九四年
・陳千武『猟女犯：元台湾特別志願兵の追想』保坂登志子訳、洛西書院、二〇〇〇年
・李昂『迷いの園：新しい台湾の文学』櫻庭ゆみ子訳、藤井省三監修、国書刊行会、一九九九年
・郭強生『惑郷の人：台湾文学セレクション4』西村正男訳、あるむ、二〇一八年
・楊双子『台湾漫遊鉄道のふたり』三浦裕子訳、中央公論新社、二〇二三年
・唐嘉邦『台北野球倶楽部の殺人』玉田誠訳、文藝春秋、二〇二三年

第5章　ダイバーシティな台湾文学の表記と翻訳の困難

・宋沢莱「笙仔と貴仔の物語：打牛湳村」若林正丈訳、『終戦の賠償台湾現代小説選Ⅱ』所収、研文出版、一九八四年
・王禎和「鹿港からきた男：新しい台湾の文学」池上貞子訳、王禎和、宋沢莱、王拓、黄春明著、山口守編『鹿港からきた男』所収、国書刊行会、二〇〇一年
・黄春明「銅鑼」垂水千恵訳、王禎和、宋沢莱、王拓、黄春明著、山口守編『鹿港からきた男：新しい台湾の文学』所収、国書刊行会、二〇〇一年
・鍾肇政「阿枝とその女房」松浦恆雄訳、鍾理和、彭小妍、呉錦発、鍾鉄民著、松浦恆雄監訳『客家の女たち：新しい台湾の文学』所収、国書刊行会、２００２年
・郭強生『惑郷の人：台湾文学セレクション4』西村正男訳、あるむ、二〇一八年
・呉明益『眠りの航路』倉本知明訳、白水社、二〇二一年
・呉明益『自転車泥棒』天野健太郎訳、文藝春秋、二〇一八年
・甘耀明『真の人間になる：上』『真の人間になる：下』白水紀子訳、白水社、二〇二三年
・温又柔『真ん中の子どもたち』白水社、二〇一七年
・李琴峰『彼岸花が咲く島』文藝春秋、二〇二一年
・白先勇『台北人：新しい台湾の文学』山口守訳、国書刊行会、二〇〇八年
・陳又津『霊界通信：台湾文学セレクション5』明田川聡士、あるむ、二〇二三年

時代	台湾史		台湾文学史	
先史時代	B・C・6000	新石器時代、オーストロネシア語族が居住開始。		
	1544年	ポルトガル人、台湾島を遠望して"Ilha Formosa(美麗島)"と称する。		
			1602年	明の儒学者・陳第、台湾見聞記「東番記」を著す。
オランダ統治時代	1624年	オランダ東インド会社、台南を占領。		
	1626年	スペイン、台湾北部を占領(42年、オランダが駆逐)。		
鄭氏政権	1661年	鄭成功、台湾に進攻、鄭氏政権、統治を開始。	1661年	徐孚遠ら、台南に海外幾社(詩社)設立。
	1662年	オランダ軍降伏、鄭成功死去。	1662年	沈光文ら、東吟社(詩社)設立。
	1683年	鄭氏政権、清に降伏。		
清朝統治時代	1684年	清、台湾府および3県(台湾・諸羅、鳳山)を設置、福建省に属す(以降、改廃を繰り返す)。	1684年	江日昇、『臺灣外記』を著す。
			1696年	高拱乾、『台湾府志』編纂。
	1721年	朱一貴の乱(～22年)。		
	1784年	鹿港と福建泉州蚶江口間の対渡開放。		
	1786年	林爽文の乱(～88年)。		
			1823年	鄭用錫、台湾初の進士に。
	1840年	アヘン戦争(～42)。英船、台湾沿岸を脅かす。		
	1856年	第二次アヘン戦争(アロー戦争、～60年)。天津条約で台湾の淡水、安平等を開港。		
	1868年	(日)明治維新。		

清朝統治時代

１８７１年	琉球漂流民殺害事件。 カナダ長老派教会の宣教師マッケイ、台湾へ移住。		
１８７４年	(日)台湾南部出兵。		
１８８５年	台湾を省に昇格、初代巡撫に劉銘伝、近代化政策着手。	１８８５年	バークレイ宣教師『台湾府城教会報』を創刊(台湾最初の新聞。教会ローマ字で記述。)
		１８８６年	唐景崧、斐亭吟社(詩社)設立。
１８８９年	(日)大日本帝国憲法発布。帝国議会発足(90年)。		
１８９４年	日清戦争(～95年)。		

日本統治時代

１８９５年	日清講和条約(下関条約)調印、 日本に台湾、澎湖島を割譲。台湾民主国樹立。		
１８９６年	帝国議会で六三法制定。	１８９６年	台北に玉山吟社(詩社)設立。
１８９８年	台湾で「国語」教育重点の「公学校」制度開始。 『台湾日日新報』創刊。清、戊戌の政変。		
１８９９年	台湾銀行開設。	１８９９年	児玉源太郎、日台の詩人を連吟に招待、 『南菜園唱和集』。
１９０２年	平地漢人の土着勢力反抗活動鎮圧終了。	１９０２年	林幼春、林献堂、台中に櫟社(詩社)設立。
１９０４年	台湾総督府による土地調査事業完了。 (日)日露戦争(～05年)。	１９０４年	『台湾日日新報』(漢文欄も)発刊。
１９０６年	三一法が可決。	１９０６年	連横、陳渭川など、台南に南社(詩社)設立。
１９０８年	西部平原南北縦貫鉄道全線開通(基隆～高雄)。	１９０８年	謝汝銓ら、台北に瀛社(詩社)を設立。
１９１０年	(日)韓国併合。		
１９１１年	(中)辛亥革命(日)清朝崩壊、翌年、中華民国樹立。	１９１１年	梁啓超、林献堂の招待で台湾に、「台湾竹枝詞」。

日本統治時代

1914年	第一次世界大戦（－18年）。		
1915年	西来庵事件（タバニー事件）。（中）『新青年』創刊。		
1917年	（露）ロシア革命。		
1919年	台湾教育令公布。（朝）三一独立運動。（中）五四運動。 田健治郎が初代文官総督に。		
1920年	台湾人東京留学生『台湾青年』創刊。 国際連盟成立、（日）常任理事国として参加。	1920年	連横『台湾通史』出版。佐藤春夫、台湾に旅行。
1921年	議会設置請願運動（－34年）。 台湾文化協会結成（－27年）、（中）共産党結成。	1921年	第一回全島詩大会開催。
1922年	内地延長主義法三号の展開。治安警察法施行。		
1923年	『台湾民報』発刊。		
1924年	（中）第一次国共合作へ（－27年）。	1924年	新旧文学論争。
1925年	花岡一郎が先住民として初めて師範学校に入学。 （日）治安維持法の施行。	1925年	蔡培火『CHAP-HĀNG KOÀN-KIÀN 十項管見』。
1926年	台東—花蓮間で鉄道が開通。台湾農民組合設立。	1926年	頼和『一桿称仔』。佐藤春夫『女誡扇綺譚』。 台北高校『翔風』創刊（－45年）。
1928年	台北帝国大学開設。台湾共産党結成。		
1929年	世界恐慌。		
1930年	霧社事件。嘉南大圳竣工。	1930年	郷土文学論争起こる。
1931年	弾圧で民衆党、共産党、文化協会、農民組合組織崩壊。 嘉義農林野球部、甲子園準優勝。（中）満州事変。	1931年	王白淵『蕀の道』。台湾文芸作家協会設立。
1932年	台湾初のデパート菊元百貨店開店。（日）満州国設立。	1932年	楊逵「新聞配達夫」（『台湾新民報』）。

日本統治時代

年	事項	年	文学
1933年	(日)国際連盟脱退。	1933年	『フォルモサ』創刊。巫永福「首と体」。楊熾昌ら、風車詩社、台南で設立。
1934年	日月潭第一発電所完成。台陽美術協会結成。	1934年	楊逵「新聞配達夫」(『文芸評論』掲載)。
1935年	始政40周年記念博覧会開催。	1935年	呂赫若「牛車」(『文芸評論』掲載)。
1936年	台湾総督が再び武官に。皇民化運動開始。	1936年	阿Q之弟(徐坤泉編)「可愛的仇人」。
1937年	日中戦争。(中)第二次国共合作成立。新聞の漢文欄禁止。	1937年	龍瑛宗「パパイヤのある街」(『改造』掲載)。
1939年	台湾で国家総動員法が施行。	1939年	中村地平「蕃界の女」。
1940年	改姓名運動推進。	1940年	台湾文芸家協会創立、西川満『文芸台湾』発行(-44年)。黄鳳姿『七娘媽生』。西川満『赤崁記』。
1941年	皇民奉公会開設。高砂挺身報国隊募集。(日)太平洋戦争。	1941年	周金波「志願兵」(『文芸台湾』掲載)。張文環『台湾文学』発行。『民俗台湾』創刊。
1942年	台湾で陸軍志願兵制度開始(43年、海軍も)。	1942年	楊千鶴「花咲く季節」(『台湾文学』掲載)。浜田隼雄『南方移民村』。第一回大東亜文学者大会。
1943年	カイロ宣言。	1943年	王昶雄「奔流」(『台湾文学』掲載)。第二回大東亜文学者大会、楊雲萍、周金波参加。
1944年	徴兵制施行。	1944年	台湾総督府情報課編『決戦台湾小説集』出版。
1945年	台湾に衆議院選挙法延長施行。日本敗戦。中華民国が台湾接収。在台日本軍降伏式典。	1945年	※台湾文化の復興、再建に向かう。光復一周年記念日前夜までは日本語による創作活動が続く。林熊生「龍山寺の曹老人」。『一陽周報』『台湾新生報』など創刊。

1946年	国共内戦本格化。 行政長官公署、日本語版発行禁止。	1946年	※「台湾新文化の建設」「三民主義の模範省の建設」などのスローガンがうたわれ台湾文化界は活況。
		1946年	龍瑛宗、『中華日報』日本語版文芸欄編集長（10月24日まで）。呉濁流『胡志明（アジアの孤児）』。
1947年	二二八事件。行政長官公署を廃止、台湾省政府成立。 中華民国憲法公布。中央民意代表選挙開始。	1947年	『新生報』副刊「橋」紙上で、本省人と外省人の作家「台湾文学論戦」。 呉濁流『夜明け前の台湾―植民地からの告発』。
1948年	動員戡乱時期臨時条款施行。	1948年	呉濁流「ポツダム科長」。
1949年	戒厳令施行。 （中）北京で中華人民共和国樹立。 中華民国政府が台湾へ移る。 徴兵制制度実施（陸軍2年、海空軍3年）。	1949年	楊逵「和平宣言」、逮捕。
1950年	蒋介石総統に復任。朝鮮戦争（-53年）。 （米）第七艦隊、台湾海峡常時パトロール開始。	1950年	中華文芸奨金委員会設立。
1951年	米国からの援助（経済援助-65年、軍事援助-74年）。 （日）サンフランシスコ講和条約締結。	1951年	陳紀瀅、反共小説「荻村の人びと」（『自由中国』掲載）。
1952年	中国青年反共救国団発足。日華平和条約締結。		
1953年	各中等学校で軍事教練実施。	1953年	紀弦、「現代詩」設立。中国青年写作協会設立。
1954年	第一次台湾海峡危機（-55年）。 米華相互防衛援助条約締結。	1954年	洛夫、張默、瘂弦、「創世記詩社」設立。
		1955年	蒋介石、「戦闘文芸」を提唱。 邱永漢、『香港』で第34回直木賞を受賞。
1958年	第二次台湾海峡危機（八二三砲戦）。		

中華民国

1960年	国民大会で、総統の任期回数無制限に。ベトナム戦争(－75年)。
1962年	金馬奨創設。台湾電視台開局。
1964年	フランスと断交。彭明敏「台湾人民自救宣言」事件。
1966年	(中)文化大革命(－76年)。
1967年	中華文化復興運動推進委員会発足。
1969年	金龍少年野球チームが世界大会で優勝。
1971年	中華人民共和国が国連の中国代表権を獲得し、中華民国は脱退。
1972年	(米)ニクソン大統領訪中、「上海コミュニケ」。日本が中華人民共和国と国交樹立、日華断交。
1973年	蔣経国、九大建設計画発表(翌年に原発計画を加えて十大建設に)。林懐民「雲門舞集」結成。
1975年	蔣介石死去。厳家淦が総統に就任。
1976年	(中)毛沢東死去。四人組逮捕。
1977年	中壢事件。(日)台湾の政治犯を救う会結成。
1978年	蔣経国、総統に就任。

1960年	白先勇ら『現代文学』創刊(－83年)。鍾肇政、『聯合報』副刊に「永遠のルピナス」連載。
1962年	黄霊芝「蟹」。
1963年	瓊瑤『窓の外』。
1964年	呉濁流『台湾文芸』創刊。林亨泰ら『笠詩刊』創刊。
1967年	王禎和「鹿港からきた男」。(米)アイオワ大学国際プログラム(IWP)創設。
1969年	黄春明「坊やの人形」。呉濁流「無花果」。
1971年	白先勇『台北人』。
1972年	『中外文学』創刊。
1973年	黄春明「りんごの味」。王文興「家変」。
1974年	黄春明『さよなら・再見』、『銅鑼』。
1975年	国家文芸奨設立。
1976年	聯合報小説奨設立。金鼎奨設立。陳千武『猟女犯』。
1977年	郷土文学論争。白先勇「孽子」連載開始。
1978年	中国時報文学奨設立。

中華民国

年	事項	年	文学
			宋沢莱「笙仔と貴仔の物語－打牛湳村」。
１９７９年	米国が中華人民共和国と国交樹立、米華断交、台湾関係法制定。美麗島事件。	１９７９年	塩分地帯文芸営開始。鍾肇政・葉石濤主編『光復前台湾文学全集』（全八巻）。
１９８０年	林義雄一家殺人事件。新竹サイエンスパーク設立。	１９８０年	張系国ＳＦ小説集『星雲組曲』。
１９８１年	地方選挙実施、党外の陳水扁、謝長廷ら台北市議に当選。	１９８１年	行政院文化建設委員会設置。
１９８２年	婦女新知雑誌社（後の婦女新知基金会）開設。	１９８２年	李喬「密告者」。
１９８３年	先住民運動開始。	１９８３年	陳映真「山道」。李昂『夫殺し』。
１９８４年	江南事件。台湾原住民権利促進会設立。	１９８４年	モーナノン「僕らの名前を返せ」。
１９８６年	民主進歩党結成。九族文化村開業。	１９８６年	楊牧「ある人は公理と正義について私に訊ねた」。
１９８７年	戒厳令解除。台湾住民の大陸親族訪問解禁。張忠謀が台湾積体電路製造（ＴＳＭＣ）設立。	１９８７年	葉石涛『台湾文学史』。『聯合文學』創刊。台北国際ブックフェア開催。台湾ペンクラブ設立。
１９８８年	新規新聞発行禁止解除。蒋経国死去、李登輝総統就任。		
１９８９年	誠品書店開業。侯孝賢『悲情城市』ヴェネツィア国際映画祭で金獅子賞受賞。（中）天安門事件。（東欧）社会主義政権崩壊。	１９８９年	村上春樹『ノルウェイの森』中文版刊行。
１９９０年	野百合学生運動。金曲奨創設。	１９９０年	葉石濤『シラヤ族の末裔・潘銀花』『猟人文化』創刊。
１９９１年	第一次改憲、臨時条項廃止。懲治叛乱条例廃止。動員戡乱時期の終了。ＡＰＥＣ加盟。	１９９１年	李昂『迷いの園』。『台湾作家全集』刊行開始。
１９９２年	刑法第１００条改正。湾岸戦争。	１９９２年	朱天心「眷村の兄弟たちよ」。
１９９３年	辜振甫と汪道涵シンガポールで会談。中央研究院、「台湾研究所」創設準備。	１９９３年	鍾肇政『怒濤』。『台湾万葉集』（全三巻）。

中華民国

	李安『ウェディング・バンケット』ベルリン国際映画祭で金熊賞受賞。		
1994年	憲法改正「台湾原住民」の呼称採用。初めての台北市長直接選挙で民進党の陳水扁当選。	1994年	邱妙津『ある鰐の手記』。朱天文『荒人手記』。女書店開業。
1995年	李登輝、国家元首として二二八事件犠牲者に謝罪。李登輝渡米、台湾海峡危機。全民健康保険実施。		
1996年	初の総統直接選挙で李登輝が当選、初代の民選総統に就任。	1996年	リカラッ・アウー「誰がこの衣装を着るのだろうか」。山海文学奨設立。
1997年	国民大会、台湾省凍結を決定。中学で『認識台湾（台湾を知ろう）』教科開始。（中）香港の主権返還、一国家二制度の運用開始。	1997年	淡水学院（現在の真理大学）に最初の台湾文学系が設置。シャマン・ラポガン『冷海深情』。
1998年	米クリントン大統領、上海で「三つのno」発言。台湾省凍結実施。（日）日本台湾学会設立。	1998年	女鯨詩社設立。
1999年	九二一（台湾中部）大地震、日本から復興支援。李登輝「中国と台湾は特殊な国と国の関係（二国論）」発言。		
2000年	総統選挙で民進党の陳水扁が当選（政権交代）。小学校で母語教育必修化決定。	2000年	国立成功大学に台湾文学研究所、設置。
2001年	「小三通」開始。郷土言語教育開始。	2001年	『ＩＮＫ印刻文学』創刊。
2002年	ＷＴＯ加盟。陳水扁「一辺一国」発言。		
2003年	ＳＡＲＳ（重症急性呼吸器症候群）が台湾にも拡大。中国との間で初の春節チャーター便開通。台湾ＬＧＢＴパレード開催。	2003年	国家台湾文学館創設（台南）。

年	中華民国	年	
2004年	総統選挙、陳水扁再任。台北101開業。ジェンダー平等教育法施行。	2004年	李昂「花嫁の死化粧」。聶華苓『三生三世：中国・台湾・アメリカに生きて』。
2005年	原住民基本法施行。(中)全人代「反国家分裂法」制定、台湾で反対デモ。陳水扁側近の金銭腐敗スキャンダル。李安『ブロークバック・マウンテン』アカデミー賞監督賞、ヴェネツィア国際映画祭金獅子賞受賞。	2005年	林栄三文学賞創設。
2006年	陳水扁退陣要求大規模デモ。		
2007年	台湾高速鉄道開通。国立台湾歴史博物館開館。李安『ラスト・コーション』ヴィネツィア国際映画祭で金獅子賞受賞。	2007年	呉明益『眠りの航路』。
2008年	国民党の馬英九が総統に当選（二度目の政権交代）。陳水扁、機密費横領などの疑いで逮捕、起訴。中国から台湾への団体旅行解禁。魏徳聖『海角七号』大ヒット。徴兵制1年に短縮。	2008年	施淑青『台湾三部作2－風の前の塵』。
2009年	八八水害。WHOオブザーバー参加。	2009年	甘耀明『鬼殺し』。島田荘司推理小説賞創設。
2010年	両岸経済協力枠組協定（ECFA）調印。	2010年	ジミー『星空』。
2011年	東日本大震災、台湾より多額の義援金。	2011年	呉明益『歩道橋の魔術師』。陳芳明『台湾新文学史』。紀蔚然『台北プライベートアイ』。
2012年	総統選挙、馬英九再選。米国産牛肉の輸入が条件付き解禁。文化部設置。	2012年	徐嘉澤『次の夜明けに』。郭強生『惑郷の人』。
2013年	洪仲丘事件。徴兵制、4か月の軍事教練に短縮。	2013年	伊格言『グラウンド・ゼロ 台湾第四原発事故』。劉梓潔『愛しいあなた』。
2014年	中台サービス貿易協定批准に反対し、学生が	2014年	移民工文学賞設立。

中華民国

年	中華民国	年	文学
	立法院議場を占拠(ひまわり学生運動)、批准中止。		
２０１５年	シンガポールで馬英九・習近平会談。	２０１５年	呉明益『自転車泥棒』。焦桐『味の台湾』。
２０１６年	総統選挙、民進党の蔡英文が当選(三度目の政権交代)。	２０１６年	台湾文学学会設立。
２０１７年	移行期正義促進条例施行。	２０１７年	林奕含『房思琪の初恋の楽園』。 温又柔『真ん中の子どもたち』。
２０１８年	蔡英文総統、国慶日演説で初めて「中華民国台湾」の語を使う。 国家人権博物館開館。	２０１８年	李屏瑤『向日性植物』。李琴峰『独り舞』。 呉明益『自転車泥棒』、国際ブッカー賞にノミネート。 張渝歌『ブラックノイズ 荒聞』。 陳又津『霊界通信』。
２０１９年	同性婚特別法が施行。 国家言語発展法が公布。 ＴＡＩＣＣＡ(文化内容策進院)設置	２０１９年	陳思宏『亡霊の地』。呉明益『雨の島』。 唐嘉邦『台北野球倶楽部の殺人』。 教育部、オンライン台湾語辞典「教育部台湾台語常用詞辞典」公開。
２０２０年	新型コロナウイルスパンデミック。 蔡英文、総統に再任。 (中)全人代が「香港国家安全維持法」を制定。	２０２０年	楊双子『台湾漫遊鉄道のふたり』。 李琴峰『ポラリスが降り注ぐ夜』。 陳柔縉『高雄港の娘』。
２０２１年	ＴＳＭＣ、熊本に半導体工場設立を発表。	２０２１年	游珮芸作、周見信絵『台湾の少年』。 甘耀明『真の人間になる』。 李琴峰『彼岸花が咲く島』、第１６５回芥川賞受賞。 柯宗明『陳澄波を探して』。 洪愛珠『オールド台湾食卓記』。
２０２２年	ペロシ米下院議長、台湾訪問。日台断交50年。 ウクライナ戦争勃発。	２０２２年	陳思宏『二階のいい人』。

年	中華民国	年	
2023年	蔡英文総統中米歴訪。台湾版「#MeToo」広がる。	2023年	呉明益「歩道橋の魔術師」、日本の高校国語教科書『文学国語』（明治書院）に採用。
2024年	民進党の頼清徳、総統に就任。徴兵制1年に延長。	2024年	楊双子『台湾漫遊鉄道のふたり』、三浦裕子訳で、日本の第十回翻訳大賞受賞、Lin King訳で、全米図書賞（翻訳部門）受賞。

若林正丈「台湾史略年表」『台湾の歴史』（講談社、2023年）。

若松大祐「年表」『台湾を知るための72章』（明石書店、2022年）。

薛化元、永山英樹『詳説台湾の歴史―台湾高校歴史教科書』（雄山閣、2020年）。

国立台湾文学館「臺灣文學虛擬博物館」https://www.tlvm.com.tw/zh/（2024年11月16日確認）。

下村作次郎「台湾文学略年表」『文学で読む台湾―支配者・言語・作家たち』（田畑書店、1994年）。
※は、下村作次郎「台湾文学略年表」を参照した。

台湾の基礎知識

名称

・中華民国（中華民國・Republic of Chaina）：国家としての正式名称。
・台湾（臺灣・台灣・Taiwan）：地域名、通称（中華民国と同等の意味で使用）。
・チャイニーズタイペイ（中華台北・Chinese Taipei）：１９７９年以降、オリンピックなど国際的な場で用いられる。

※なお、現在の日本政府は中華人民共和国を中国を代表する合法政府だとみなす立場であるため、日本の各報道機関は、中華民国ではなく台湾を用いている。

※中華民国と台湾の名称問題については、民主化以降の中華民国総統たちも頭を悩ませてきたようだ。李登輝総統は、１９９５年に「中華民国在台湾（台湾にある中華民国）」と述べた。蔡英文総統は、一部継承しながらも、２０１９年に中華民国国慶日の演説で「中華民国台湾（自分たちは中華民国でもあり、台湾でもあり、中華民国台湾だ）」と述べ、「中華民国」と「台湾」が次第に混然一体とした同等のものとなり、どちらも自分たちであるという姿勢を示した。

面積

３６，１９７平方キロメートル（九州よりやや小さい）

実効支配地域（台湾地区）

台湾本島、澎湖諸島、金門群島、馬祖列島

気候

中南部の嘉義県から花蓮県を横切っている北回帰線を境界として、北部は亜熱帯気候、南部は熱帯気候

人口

２３，４０４，１３８人（２０２４年９月）

主要都市

政府の所在地は台北市。直轄市（六都）は、台北市・新北市・桃園市・台中市・台南市・高雄市。

言語

中国語（台湾華語・北京語）、台湾語（閩南語・福佬語）、客家語、先住

民諸言語など。

文字

漢字（正字、繁体字、旧字体）例：台湾→臺灣。

民族

長年の移民による多民族共生社会。１９９０年代には民族の多様性をルーツに基づき四大族群（族群とはエスニック・グループの意味）と称した。具体的には、①先住民族（16族）、②福佬人（祖先が主に福建省南部出身の漢人で母語は台湾語。福建省の別称「閩」の文字を使って閩南人ともいう）、③客家人（客家語を母語とする漢人、台湾の客家は広東省北部出身者が多い）、④外省人（戦後中国各地から移民。漢人が大部分だが、一部、少数民族も）を指す。だが現在では異なるエスニック・グループ間の結婚が当たり前となり、四大族群はほぼ使われない。さらに昨今では新住民（東南アジア出身者を中心に国際結婚や労働等のために台湾に移住）も増えている。

宗教

仏教、道教、キリスト教など

政治体制

三民主義（民族独立、民権伸長、民生安定）に基づく民主共和制。五権分立（行政、立法、監察、司法、考試）

総統（元首）

蔣介石（国民党）→厳家淦（国民党）→蔣経国（国民党）→李登輝（国民党）……［１９９６年に直接選挙開始］……李登輝（国民党）→陳水扁（民進党）→馬英九（国民党）→蔡英文（民進党）→頼清徳（民進党）

主要産業

電子部品、化学品、鉄鋼金属、機械など

ＧＤＰ（名目）

７，５６０億米ドル、1人あたり３２，３００米ドル（２０２３年）。

外交関係

12ヶ国（バチカン、ツバル、マーシャル諸島共和国、パラオ共和国、グアテマラ、パラグアイ、ハイチ、ベリーズ、セントビンセント、セントクリストファー・ネーヴィス、セントルシア、エスワティニ）と国交がある（２０２４年10月現在）。

日本との関係

・１８９５-１９４５：日清戦争後の講和会議で調印された下関条約（日清講和条約）により、清国が台湾・澎湖諸島を日本に割譲したため、日本が第二次世界大戦で敗戦するまで50年間にわたり台湾を植民地として統治した。日本の敗戦により、台湾は中華民国に接収される。

・1952-72：日華平和条約（中華民国はサンフランシスコ講和会議に参加できなかったので、サンフランシスコ平和条約とは別に個別に締結された、両国間の戦争状態の終結を宣言し、中華民国は日本に対する請求権を放棄）により、日本と中華民国との国交が回復。

・1972-現在：日本が中華人民共和国と日中共同声明により国交を樹立し、中華民国と断交。以降、実務的な窓口機関を相互に設置し、非政府間の実務関係を維持。

日台の実務的な窓口機関

日本側：公益財団法人日本台湾交流協会（東京本部、台北事務所・高雄事務所）

台湾側：台湾日本関係協会（台北本部、東京に台北駐日経済文化代表処・大阪に台北駐大阪経済文化弁事処、分処が札幌・横浜・福岡・那覇にある）

主に日本外務省（http://www.mofa.go.jp）、中華民国行政院（http://www.ey.gov.tw）、行政院主計総処（http://www.dgbas.gov.tw）から関連情報を集めて整理した。

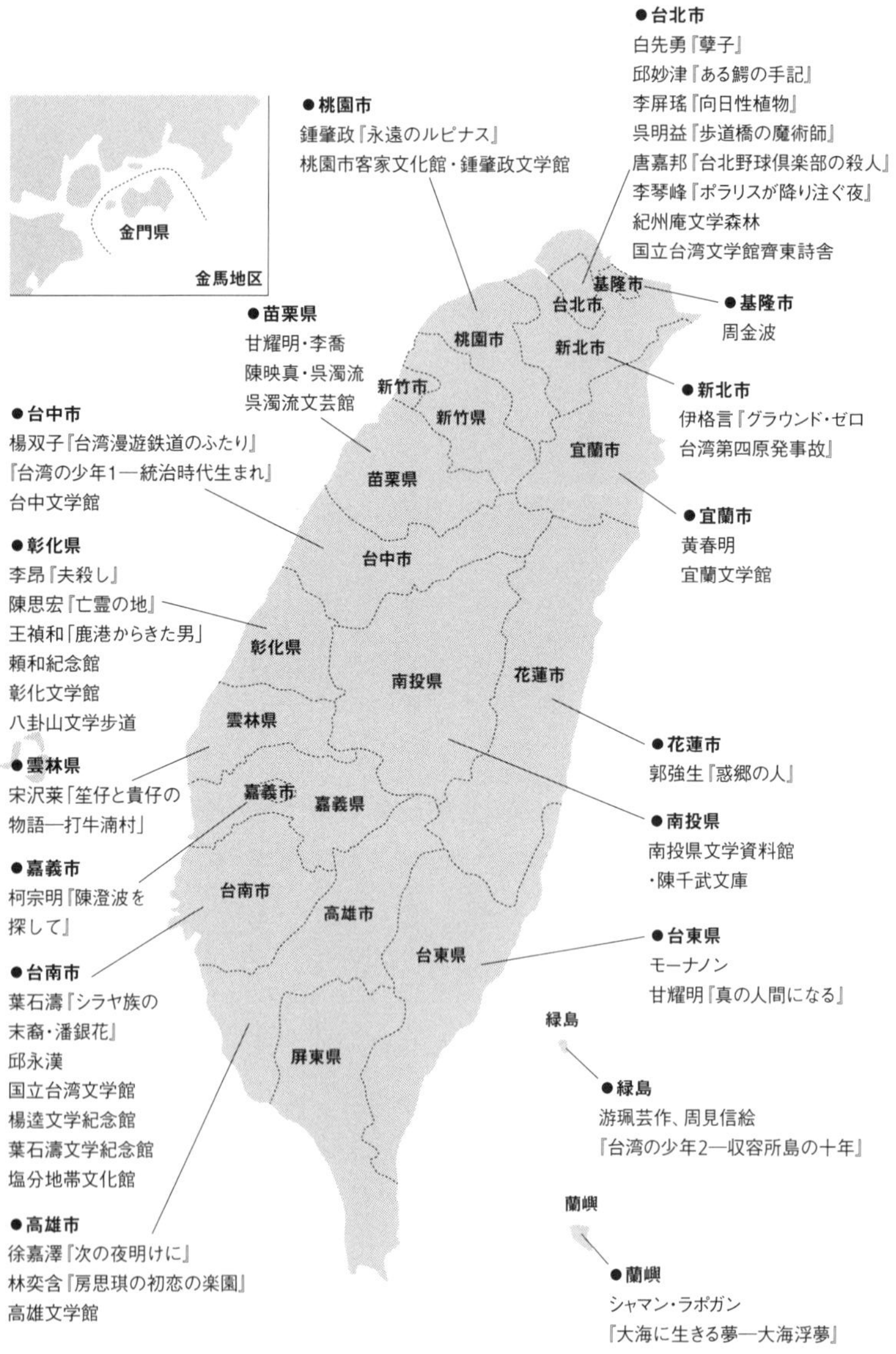
金門県
金馬地区
●台北市
白先勇『孽子』
邱妙津『ある鰐の手記』
李屏瑤『向日性植物』
呉明益『歩道橋の魔術師』
唐嘉邦『台北野球倶楽部の殺人』
李琴峰『ポラリスが降り注ぐ夜』
紀州庵文学森林
国立台湾文学館齊東詩舎
●桃園市
鍾肇政『永遠のルピナス』
桃園市客家文化館・鍾肇政文学館
●基隆市
周金波
●苗栗県
甘耀明・李喬
陳映真・呉濁流
呉濁流文芸館
●新北市
伊格言『グラウンド・ゼロ
台湾第四原発事故』
●台中市
楊双子『台湾漫遊鉄道のふたり』
『台湾の少年1―統治時代生まれ』
台中文学館
●宜蘭市
黄春明
宜蘭文学館
●彰化県
李昂『夫殺し』
陳思宏『亡霊の地』
王禎和「鹿港からきた男」
頼和紀念館
彰化文学館
八卦山文学歩道
●花蓮市
郭強生『惑郷の人』
●雲林県
宋沢莱「笙仔と貴仔の
物語―打牛湳村」
●南投県
南投県文学資料館
・陳千武文庫
●嘉義市
柯宗明『陳澄波を
探して』
●台東県
モーナノン
甘耀明『真の人間になる』
●台南市
葉石濤『シラヤ族の
末裔・潘銀花』
邱永漢
国立台湾文学館
楊逵文学紀念館
葉石濤文学紀念館
塩分地帯文化館
緑島
●緑島
游珮芸作、周見信絵
『台湾の少年2―収容所島の十年』
●高雄市
徐嘉澤『次の夜明けに』
林奕含『房思琪の初恋の楽園』
高雄文学館
蘭嶼
●蘭嶼
シャマン・ラポガン
『大海に生きる夢―大海浮夢』
台北市
基隆市
桃園市
新北市
新竹市
新竹県
宜蘭市
苗栗県
台中市
彰化県
南投県
花蓮市
雲林県
嘉義市
嘉義県
台南市
高雄市
台東県
屏東県

赤松美和子（あかまつ・みわこ）
日本大学文理学部教授。NPO法人日本台湾教育支援研究者ネットワーク（SNET台湾）代表理事。兵庫県出身。1997年、広島大学交響楽団の一員として、第12回全日本大学オーケストラ大会講評委員会大賞を受賞。2008年、お茶の水女子大学大学院博士後期課程修了、博士（人文科学）。大妻女子大学比較文化学部教授を経て現職。2022年、「日本における台湾文学研究の発展深化及び日台学術交流のプラットフォーム整備に対する顕著な貢献」により、お茶の水女子大学賞第6回小泉郁子賞受賞。2024年、SNET台湾の一員として、「台湾研究の学術的研究成果に基づく学習支援活動」により地域研究コンソーシアム賞社会連携賞受賞。主要著作に赤松美和子・若松大祐編『台湾を知るための72章』（明石書店、2022年）、『台湾文学と文学キャンプ』（東方書店、2012年）など。

台湾文学の中心にあるもの

二〇二五年二月八日　第一刷発行

著者　赤松美和子
編集発行人　穂原俊二
発行所　株式会社イースト・プレス
〒一〇一-〇〇五一
東京都千代田区神田神保町二-四-七 久月神田ビル
電話　〇三-五二一三-四七〇〇
ファクス〇三-五二一三-四七〇一
https://www.eastpress.co.jp
印刷所　中央精版印刷株式会社

ISBN978-4-7816-2415-0 C0095